尋常寫作

思考、邏輯與書寫的博雅訓練

楊曉菁——著

五南圖書出版公司 印行

目次

前言

閱讀的提倡，是近幾年來從政府到民間不遺餘力推展的趨勢。不少人認爲閱讀對於寫作提升而言是唯一法門，其實不然，在教學現場看到不少「讀得多」不盡然「寫得好」的情形。於是，閱讀和寫作看起來並非一個正相關的連動關係，閱讀也不是影響寫作的唯一要素，那麼，寫作的問題發生在哪裡？探索箇中原因，被多數人忽略的是「思考」此一命題。「閱讀」是讀者思考作者作品的主題、情節、脈絡、……，而「寫作」則是梳理、序列出讀者自己的思考。「思考」是大腦繁複的運作過程，它是多元的、跳躍的，且快速的，所以，要能將思考內容規整並且條理得宜，然後，形成文字，亦卽將思考具體化呈現，並不簡單。有人說將口頭所說轉成文字就是書寫了，其實，這樣的說法只對了一半，因爲口頭語言（spoken language）和書面語言（written language）是不一樣的系統與結構，口語靠聽覺接收，以簡潔清晰、明確傳達爲主要訴求，書面語言靠視覺傳輸至大腦思考，它需要辨析，也因爲涉及視覺，所以有「審美」的需求，這是何以文字書寫有時需要使用修辭技巧之故。因此，寫下「今天太陽很大」這句話，大家懂得其意，但是比起「今天的太陽讓街道焦灼了起來」，何者是口語？何者是書面語？讀者是可以一目瞭然加以辨析。

許多人一定有這樣的經驗，文章寫了一半發現概念不夠周全，想繼續寫卻覺得卡住，無法完成，最後被擱置一旁，再也沒有重見天日的機會。其實，這可能是作者對該議題欠缺完整的理解與表述；沒有理解就缺乏深度論述，缺乏論述自然就無法寫下去。所以當你能夠寫出來文字時，便表示自己整理思緒及想法已經到一定程度。

寫作有很多層面可以探討，寫什麼？（what）如何寫？（how），是苦無靈感？是詞不達意？是該斷未斷，冗言贅字太多？又，文字力不僅在教育現場使用，一般公司裡怎麼爲新產品行銷？會議中如何做好簡報？電子商務的時代，如何透過文字行銷讓產品亮相？這是一個每個人都需要快書寫、微書寫的時代，書寫不是文學創作的同義詞，它是表達、傳播、分享與交流的具體實踐。

What to write?

- 寫什麼？知識點的問題
- 閱讀好處（靈感與知識來源）

How to Write?

- 如何寫？能力點的問題
- 思路處理、邏輯訓練、語法修辭

本書中，最特別之處是以英文來作爲對比分析，增進讀者對中文寫作的認識。從句子結構及語法來看，西方人表意比較直接，而華人說話前先鋪陳。中文裡習慣將重要的資訊擺在句末，如：「不好意思，因爲早上出門比較急，所以就忘了帶要還給你的書，很抱歉！」華人習慣先講前因後果，最後講重點。同樣概念的句子在英文裡會說：「Ah, I forgot to bring your book! I was in such a hurry this morning, I just forgot! Sorry!」英文的表達是直接先說明主要重點，再解釋後續。這樣的差異不盡然是華人文化中重視禮貌所釀成的，許多時候是語法所形成的思維模式。

德國學者伊瑟爾曾說：「文本是一個未確定的召喚結構，有意不言明，待讀者來言明。」所謂「召喚結構」有三要素：「空白、空缺、否定」。這些空白、空缺或是否定之處，值得讀者思辨及批判以形成自己的概念。文本閱讀時，字詞表面上可見的「一望卽知」（具體），有時是爲了上下文脈絡中，許多「一望無知」的「缺口」（抽象）尋覓「出口」的光束而存在的。於是，「空白」不是無，而是「隱白」，是潛藏的內蘊，待讀者挖掘，這是華人文化中最擅長的表達方式——「留白」。

閱讀上的難題是：語境的差異會造成解讀的差異，如：「想一個人」此句是說「想念一個人」？還是「想一個人獨處不受干擾」。讀者中心論是否就是讀者決定論？讀者接受有其時代局限性和主觀性。當閱讀太多，實際應用過少，大腦另一層面的思考能力便會不足。因此，寫作是一個讓思緒深化且序列性發展的活動，它讓你知道知行合一（知識與實踐）的實際內容該如何運作？

「寫作能力」是一個循序漸進的培養過程。寫作是錯綜思路的整理，面對腦袋裡多元紛呈的想法如何抽絲剝繭、條分縷析，其歷程大抵是：審題（審思題目的意旨）↓立意（確定文章的主旨及方向）↓取材（尋找與選取適合的材料）↓布局（有條理的組織架構全文脈絡）↓遣詞用字↓結尾收束。

在閱讀與書寫之間飛翔，我們同時扮演著讀者與作者的角色，因爲書寫，更可以了解如何讓別人讀得清楚明白；也因爲閱讀，更期待作者能夠怎麼樣充分地表達以讓讀者明瞭。於是，通過閱讀與寫作的雙向溝通、揣摩與實踐，以達到「讀寫合一」的境界。具備讀者意識的作者，往往能夠寫出更爲清澈與明晰的作品。

第一章

反思與回望：直面寫作問題的種種現象

第一節：溫情式的理盲與多讀就會寫？

書寫是閱讀的反饋？讀得越多，寫得越好嗎？會寫作的人都是天生的文青？（寫作表達力是先天論？後天論？）只要多練習，寫作品質就會進步嗎？（量變必然造成質變？）教師努力批改作文，學生就能接收到更多的回饋及修正的訊息，然後進步嗎？以上都是值得思考的命題。多數的時候，我們認爲寫作貧弱的原因來自於閱讀的「量」體不足，因此，常常鼓勵有意提升寫作能力者，可以多多閱讀，有益書寫。但是，從部分相關研究來看，如果閱讀要有益於寫作，那麼，閱讀定義便不能狹隘地侷限在以眼、以心所閱讀的內容，而是從閱讀中習得寫作的技巧與方法，也就是透過「有意識」、「有策略」的閱讀以豐富寫作能力。

關於讀與寫之間的關係，衛曉嵐（2000）依據丁有寬的見解，提出七條讀寫對應的規律（引自林秀雲，2010），舉例如下：

1從閱讀中學習解題——以寫作練習審題和擬題

2從閱讀中學習概括旨趣——以寫作練習怎樣表達旨趣

3從閱讀中學習分段概括段意——以寫作練習寫作題綱

4從閱讀中學習區分文章主次——以寫作練習如何安排詳略

5從閱讀中學習捕捉重點段落——以寫作練習如何突顯中心

6從閱讀中學習品評詞句——以作文練習如何遣詞造句

7從閱讀中學習作者怎樣觀察事物——以作文練習觀察方法

寫作除了具備「外在動機」——也就是對應外在職場的、作業的、考試需求的動機之外，它應該也有「內在動機」，所謂「內在動機」是指個人內心或大腦裡，有主動想說的話、想表達的觀點，不吐不快；又或者是，想藉由書寫留下記憶或是紀念，這樣的文字紀念方式與拍照的圖像紀念殊途同歸，只是形式略有不同。因此，「爲自己而寫」是很重要的內在動機。

寫作訓練是思維的訓練，我們如果希望閱讀可以有助於寫作，自然就必須以思維訓練的角度來設計讀寫的內容。而思維訓練的內涵到底是什麼？簡單來說，就是遇到事情先擱置情緒，而以理性進行分析。我們集體社會氛圍對於深度的、理性的思辨較爲缺乏，所以，無論是口說或是文字表達，除了有興趣者或是研究者之外，多數人不擅長「說理」、「議論」及「評價」。對於部分的議題與現象慣以「直觀的」、「印象的」直接反射，缺乏「客觀的」、「證據的」就事論事之理性，這便是人們時常提及「溫情式的理盲」、「不合理的濫情」等說法。而一般書寫時，我們也容易以「概括式語言」來呈現，此處的概括式是指不深入的、浮光掠影的表述方式，欠缺深層細緻的觀察、充分的聯想及深刻的思考，而用「一言以敝之」的方式含糊交代。雖然，學術上也有「概括式語言」的用法，但，它是指將濃厚豐富的思想或意義以簡明扼要的方式來表現，清代劉熙載於《藝概》中說：「凡作一篇文，其用意俱要可以一言蔽之。擴之則爲千言，約之則爲一言，所謂主腦者是也。」此語係指在全文關鍵處用一句或幾句話點明題旨，成爲全文中精煉扼要而含義深刻的警句，劉熙載所言的「主腦」便是作者所知、所感、所思、所見的高度濃縮與概括。

所以，閱讀及寫作時聚焦於文章語句的連貫性、證據效度、因果邏輯、基本預設謬誤、結構合理性等面向，避免被閱讀材料所牽引，而完全順從作者的觀點和說法，以致欠缺個人的思想與意志。這是訓練邏輯思辨重要的方式之一。

此外，我們也常常聽到一種說法「多讀就會寫」，不過，閱讀與寫作兩者並非互爲因果的關係，閱讀的質與量其實無法完全轉接成寫作的質與量。日常生活中，常常可見讀很多書的人，在寫作上有著困難處。「多讀、多寫、多練習就會了」的說法，其實是有所偏頗的，多閱讀或是多書寫是指學習歷程的練習（process），但，它們不是學習的方法或策略（strategies），多閱讀可以增加知識，但，是否可以增加寫作能力，則不盡然。

寫作與個人的思考有密切的關連，寫作的指導其實是思考的訓練。而多讀、多寫之所以無法保證寫作的進步，是因爲寫作不只和閱讀多寡、技巧熟練深淺有關，更多的時候，寫作是和個人的思維運作方式相聯繫。

第二節：語言癌存在嗎？語言癌是冗詞贅字嗎？

「語言癌」一詞來自於二〇一四年十二月十九日聯合報「『進行一個XX的動作』你得語言癌了嗎？」新聞專題，該詞彙源於公衆人物於特定社會事件中所發表的言論，受輿論廣泛討論，而後衍生成議題。所謂「語言癌」，係指在口語或書寫中出現的非邏輯性表述、冗詞贅句、詞不達意等現象，特別是包含過度援引「基本上」、「其實」、「我們」、「然後」等等非必須的詞彙，其範疇超越「語病」，「語病」的定義：「在語言裡有邏輯上的錯誤，使閱聽者產生意義模糊、不明瞭的現象」。

維基百科記載多個「語言癌」的相關實例，其一是本該爲「店員迅速將商品下架」的直接表述，轉變爲「我們店相關店員這個部分，未來將會盡量迅速的對有關商品這個地方進行一個下架的動作」，原先簡明的敍述因避免直接陳述或基於其他考量，整個句式變得冗贅且失焦，使聽衆或讀者困惑不解。

在社會語境中，語言使用所產生的問題極爲普遍。如，香港《今日校園》第一六〇期指出：不知何時開始，無論是社會團體反對政策或是政府發表宣言，每次都是「強烈要求」、「強烈呼籲」，「強烈□□」已漸成固定模式。過度頻繁地將「強烈」一語搭配各種動詞，導致其語言效能日減，未來面對眞正的重大事件時，詞彙選擇便顯得捉襟見肘。或許可將「強烈要求」抽換爲更文雅的「促請」、「敦促」、「籲請」等詞彙，這些選項不僅語感佳，且可根據事件的嚴肅性適度使用，避免任何事件僅依賴「強烈」一詞予以修飾。

探討「語言癌」現象時，許暉林教授（2015）提出了一個關鍵問題，每位語文教育工作者都必須理解：當學生使用「進行一個□□的動作」的語法結構時，是否是出於針對某種戲謔性語言效果的刻意追求？或是因爲缺乏能更爲精確且高效表達相同概念的語言能力所致？這一問題觸及了語文教育的一個核心議題：即如何平衡語言的創意使用與追求語言表達的精準與效率。

臺灣師範大學徐國能教授認爲，這種現象（語言癌）不需也不可能完全根除。徐教授分析，臺灣人在語言表達上的速度快捷，然而在思考速度無法及時跟上時，會不自覺添加贅字冗詞以獲得思考的緩衝，導致語句變得支離破碎且冗長。若社會大衆能夠理解並接受此類表達方式，且不影響溝通的整體清晰度，那麼，對話的精確性與簡練度的要求即可有所寬容。徐教授進一步強調，溝通的核心應聚焦於論述內容的豐富性和深度，而非表面形式的流利與典雅，許多人流於言辭華麗，但仔細剖析後，卻發現言之無物，缺乏實質性的內涵（聯合報，2018）。

日常交流中，我們不難發現語言裡充斥著過多的贅字、空泛的虛詞、跳躍的語序以及錯誤的語法，還有許多新興外來語接連出現的現象（如：源自日本的「佛系」一詞，該詞語傳達人們對世事態度的淡泊、無欲無求的生活哲學）。有趣的是，在這個充滿錯綜複雜語言現象的世界裡，人際之間依舊能夠理解彼此的表達意圖，這暗示「正確性」並非語言表達的必要條件，只要能達成溝通目的，有時，語法的非邏輯性或是缺乏修辭之美，是不影響交流的。不過，在口語表達中，此類冗贅、非結構化的特點可被容忍，但在文字書寫時，同樣的現象可能導致理解上的阻礙。

「說話」仰賴聽覺感知，並且，說與聽的互動模式是藉由「語言」此一媒介來實現。語言的表述不僅是聲音的傳遞，更伴隨面部表情和肢體動作等非語言訊號，這些訊號在相當程度上協助雙方對於意義的理解。舉例而言，接近中午時分，甲查看手錶後對乙說：「十二點，學生餐廳。」在這個語境中，我們或能推斷甲乙雙方可能有相約十二點於學生餐廳共進午餐的共識。然而，當此句轉化爲書面語，在缺乏語境的理解以及缺少前後文意脈絡之推測下，它就變得模糊不清。「十二點，學生餐廳」不僅可能指涉共進午餐的行爲，同時也暗示多種可能性，如：約定於該時間、該地點會面，十二點時可能有某大型活動將在學生餐廳舉辦等等，這樣的例子顯示：在書面語表達中，精準的語境設計和清晰的語意闡釋對於消弭歧義具有極大的作用。

由此可知，文字和語言在溝通表達途徑上的分歧，衍生出各自獨有的表達形式。人類的語言表達樣態多元，能簡化或擴展，反映出語言的演化是動態性的，此消彼長，相互競爭。在過程中，不存在一個「絕對正確」的標準，而是依據使用情境衍生「相對正確性」。有鑑於此，「語言癌」似乎成爲語言社會中不可避免的時代產物，是語言演變過程中自然出現的階段。

第三節：口頭語與書面語是互斥？還是交融？

有人具備豐富的知識，可以透過口語表達與他人分享知識。但，有趣的是，若要他寫篇文章來談他懂得或是熟悉的事物，有時寫不出來。要不然就是寫出來之後，別人可能看不懂。這樣的狀況通常表示，說者對於該主題的思考可能還不夠全面或周延；其次，必須思考的命題是：口說語言（spoken language）和書面語言（written language）是不相同的表達體系。口頭語，即日常對話，重在聽覺的清晰理解和即時交流，容許非連續和非完整的表達，不影響語意傳達即可；而書面語，以視覺爲主要接收方式，除了傳遞訊息，更需追求視覺審美的滿足，這也就是文字書寫何以會有修辭上的需求；雖然，口頭語同樣需要修辭技巧，不過，兩者在需求的側重點上是存在差異。

口說語言是依賴聽覺的，是以達到溝通爲主要目的，所以，隻字、片語、短句、詞不達意都沒有關係。因爲，說話的同時可以有表情與手勢來輔助表達內容；不過，若要寫成一篇文章，並讓人理解明白，就必須思考許多面向。例如：文章如何起頭、怎麼論述、怎麼解釋、怎麼申論，哪裡分段、怎麼補足論點的破綻、怎麼從讀者的角度回頭看哪裡還有不足、邏輯是否通達？這些細節，身爲作者都必須謹慎思考與安排。因爲文字閱讀時，我們不可能把作者召喚到身旁，請作者爲讀者進行文本的闡釋及補充。

寫作並非專屬於作家的才能，而是人類普遍擁有的能力。此能力源於個體對生活與生命的感知，嘗試記憶與記錄一己之種種歷程，或是基於連結過去、現在與未來的渴望；於此而言，書寫無疑是保存這些經歷的最佳方式。

然而，在資訊發達且變化快速的網路時代，冷靜思考、查找資料之後，緩緩動筆的書寫模式，似乎已不再符合大衆需求。社會上某些聲音指出，我們正處於一個「滑動世代」——這是說以滑動手機螢幕爲主要資訊獲取的時代。此一時代，資訊可透過科技輕易地被獲取。同時，現代的書寫也不僅局限於傳統的紙筆，取而代之的是頻繁地借助語音識讀和文字選擇等科技輔助。不過，「選字」和「寫字」在大腦認知運作上是有差異的，大量「選字」的經驗下，實際書寫時常發生錯字迭出的現象。

此外，隨著時代節奏的加快，書寫型態亦隨之變革，「微書寫」逐漸取代以往冗長的論述，成爲當前寫作風潮的一股新趨勢，其特徵爲「短、小、輕、快、狠、準」，文字簡短精悍，內容輕便易讀，思維迅速直接、語言精準到位。在當代，人們趨向於使用即時通訊軟體，如 Line、Facebook 和 Instagram 等社交平臺分享日常生活點滴，這種新興平臺的寫作模式，以精煉的文字和簡練的表達爲特徵，並常搭配圖片以傳遞更完整的語意。並且，其顯著的特色爲「口語化」。

儘管口頭語和書面語在表現形式上存在差異，兩者之間仍有一定程度的交互影響和滲透，亦即口語常會融入於書面表達中，而書面語的措辭亦有可能被運用於日常口語裡，這種雙向的語言和文字的流動是一種正常現象。

第四節：語言與文字共構的表達能力

語言相較文字而言更具變異性，它隨著社會文化的演進，吸納新元素或淘汰舊詞彙。因此有學者認爲，口語中的「語言癌」並非一種病態，而是語言自然演化的一部分。

而文字書寫是否存在類似「語言癌」的問題，這需從「語文能力」與「文學能力」兩大層面進行分析。「文學」被視爲文字表達中最深邃且藝術化的形式，從而使「文學作品」與「經典」成爲幾近同義詞的概念。這種觀念在過往的教育中極爲明顯，教授「文學」成了國文教學的主旋律。然而，我們也意識到，深度閱讀文學作品並不等同於具備優秀的「語文能力」。「語文能力」係指在學習任何語言過程中都必須掌握的基本技能，包含聽、說、讀、寫等。

不過，具備聽說讀寫的語文能力也不同於具備文學修養。例如，熟背古典詩詞未必能理解電器使用說明，精通文學的人也未必能輕鬆掌握地價稅單的計算方法，或是理解保險契約的專業術語。文學教育在閱讀理解、思辨與審美評價等方面的貢獻不容置疑，但，它不必然能提供現代公民所需的基礎語文素養，而這種基礎素養對於支撐個人日常生活是不可或缺的。

「聽說讀寫」是語文能力中可視化且具體呈現者，其背後深藏著不易察覺卻重要的「思辨能力」。思辨的廣度與深度將一定程度投射於個體的表達能力（口語及書寫）與理解能力（閱讀和聆聽）之中。

因此，不論是在語文教育或文學教育中，應更著重思辨能力的養成。語文教育由基礎字詞學習，拓展至文本（文學）的閱讀與思辨，進而涉及文化內涵的吸納及內化。這一進程涵蓋從具體到抽象，從記憶、理解到評價，並從個別知識到整體能力之培養，最終轉化爲深層且持久的素養。

文本詮釋可存在多元的觀點與視角，可供討論與辯證，因此，文本解讀並無「絕對正確」的解釋，而是存在一個經過比較與衡量後得出的「相對正確的認識」。傳統語文教學中，將文本的詮釋與理解固定化及一致化，產生了標準化答案，這對於鼓勵學生獨立思考和思辨能力的訓練存在負面影響。

語用學的範疇中，文本的意義建構和「語境」（contextuality）密不可分。語境通常指的是語言所處的環境或是上下文脈絡（context），不論是言談環境還是上下文脈絡，它們對於思考及理解都扮演重要角色。只有在確定的環境背景中，語言才能充分展現其表達含義。舉例而言，當一位父親在電話中提及「醫院」一詞，其潛在的意義可能是多樣的，如：「我正要前往醫院」、「有親人正在醫院裡」……。若這一言語能夠與當時的具體說話環境結合，那麼父親想要傳達的語意將更爲清晰。如：「我正在醫院裡等候看診」便是一個明確的表述。因此，「語境」對於釐清語言所傳遞的訊息與意義扮演重要的角色，這也凸顯了語用學研究中對語境分析的必要性。

訊息傳遞過程中，「語言」與「文字」各自承載不同的傳播需求。語言的使用往往依賴簡潔而直接的方式以達成即時溝通；文字則需要提供詳細且具邏輯性的訊息，這些現象構成了口頭語和書面語於傳達方式上的本質差異。

思辨，作爲一種認知歷程，涉及人類對訊息的思考、理解與辨析，這一歷程基於大腦內部形塑的規則與模型，對各種事物、事件進行解讀。如，考慮臺灣交通法規的社會語境，下圖中交通標誌所示的兩個數字「100」及「60」不需過多解釋，多數居住於臺灣或持有駕駛執照的人便能理解，它說明了特定車種的最高時速限制爲九十公里，最低時速限制則是六十公里；其他車種的最高時速限制是一百公里，最低時速限制是六十公里。這就是一種基於共同社會語境下的認知體系。

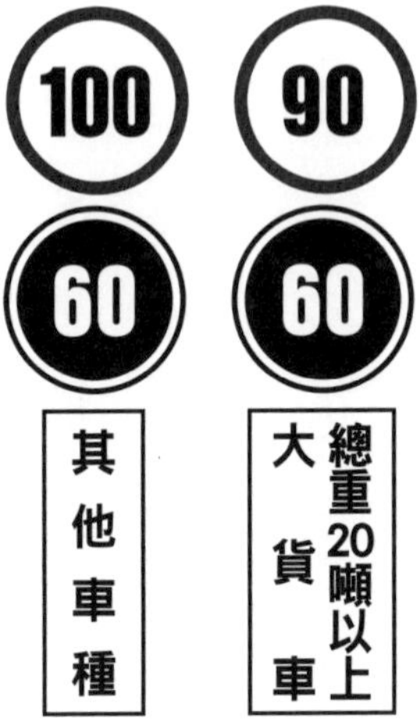

除社會文化因素外，思辨理解的核心也在於對語言知識的原則性認知。例如，在中文語境中，人稱代詞（如：你、我、他……）經常作爲句首成分，而英語中則常以事件或主題開始句子；同時，學習日語時，我們了解日文中動詞通常置於句末。這些語法規則屬於語言知識的範疇，理解並掌握這些語言知識，結合適當的語境理解，能增進閱讀理解的能力，進而有效地進行語言表達和訊息傳遞。

此外，關於寫作能力的緣起，不少人存在著「天賦決定論」的觀點，認爲個人是否具備寫作才能乃由先天稟賦所定。進一步而言，「寫作」常被比擬爲「創作」，「創作」具備高度的個人化特質和獨特性，因而有觀點認爲寫作是不可傳授的，也不存在普遍適用的寫作方法。不過，這樣的說法只能說是部分正確，高度文學性創作，的確有賴努力與天份，但是，完整且流暢的書寫表達力則可以通過適當方法以學習。

第二章

覺知與辨析：爲自己開立寫作處方簽

第一節：意識個體寫作的問題點

「寫作」是一個循序漸進的培養過程。寫作是多元複雜思路的整理，面對腦袋裡五花八門的想法如何抽絲剝繭、條分縷析，**其歷程大體是：審題**（審思題目的意思）↓**立意**（確定文章主旨及方向）↓**取材**（尋找與選取適合使用的材料）↓**布局**（有條理的架構全文脈絡）↓**遣詞用字**↓**結尾收束**。

針對寫作問題進行解決之前，先列舉一系列可能遭遇的寫作現象，以供讀者自我診斷。值得注意的是，這些症狀的識別建立在一個重要的前提上：即讀者已經認真地完成了一篇文章。只有當一位作者認真地完成文章後，才能對於自己寫作的種種問題有所覺知及意識，從而有動力去尋求解決這些問題的方法。在如此前提下，對於寫作問題的診斷將顯得更切合實際且具實質意義。

傳統中醫學中，「望、聞、問、切」構成診斷疾病的四大要素，統稱爲「四診法」。這些方法被中醫師運用於搜集病史、瞭解病情和診斷病況。以下針對這些診斷方法進行定義性的解釋：

望診：**觀察**患者的精神狀態、身體形態、面色、五官、皮膚、舌苔色澤以及排出物的類型與特徵。

聞診：**聆聽**病人的說話、咳嗽聲、呼吸音等聲音，同時**聞嗅**病人排出的口氣、體臭等氣味。

問診：**詢問**病人其主觀感受的症狀，疾病的起始、發展過程及過往治療經驗，並探究病人先前所患之病史。

切診：**探查**脈象及以透過手法**觸按**病人相關身體部位，以評估疾病狀況。

在上述中醫四診法中，特別被標注的「**觀察**、**聆聽**、**聞嗅**、**詢問**、**探查**、**觸按**」等均屬於動詞，這些動詞代表了可以實際觀察的動作或行爲，也表明了在提出處方箋前，具實踐性的可視化方法是重要的。中醫師透過這四種診斷方法來綜合分析病因，並進行辯證醫治，再制訂出適當的診斷和治療方案。同樣的，在寫作領域，我們也能夠藉由具體的診斷流程，對寫作進行審視，並提出針對性的建議，最大關鍵在於**明確且具體的「作法」**。

寫作與閱讀的廣度深度、運思的方向歷程以及掌握素材的能力等要素關聯甚深。然而，閱讀量的多寡和寫作能力間不存在必然聯繫，因閱讀和寫作活動在大腦中的運作機制並不相同，雖兩者都牽涉到運思過程，但寫作更強調創造性「產出」的能力與成果。正如《別有目的的小意外》一書中所述：「你必須要讓大腦出乎意料，或讓大腦花點功夫，才能形成記憶，寫作其實是個人梳理豐富且跳躍的思緒後之具體呈現。」[1] 寫作本質上是一種組織思路並輸出的工程，不同程度的寫作者需要的寫作策略也不盡相同。

第二節：認知「寫得出」及「寫不出」的癥結

探討寫作問題時，粗略可將問題類型分爲「寫得出」與「寫不出」兩大範疇。所謂「寫不出」指的是寫作者望紙興嘆，面對空白頁面束手無策，完全無從下筆；而在「寫得出」之後，「寫作能力不足」則是另一個層面的問題。

一、寫不出

症狀：缺乏內在感受，閱讀量不足，導致無法著手寫作。

遭遇「寫不出」的寫作者通常面臨以下問題：一是對於寫作主題缺乏

1 卡門・席夢著、廖崇佑譯：《別有目的的小意外》（臺北：大寫出版，2017年），頁6。

內在動機和思考；二是因爲閱讀領域不夠豐富，無法針對主題進行足夠的深入分析或廣度聯想。

二、寫得出

在「寫得出」的情況下，寫作者所面臨的問題可能複雜而繁瑣，可從以下幾個面向探討：

症狀（一）心有所感，但，詞不達意。

這一類症狀的寫作者雖心有所感，思緒亦有啓發，但因詞彙量不足或閱讀量不足，以致需要表達時，苦無適當詞彙。結果，寫作時常顯得詞不達意，文句也顯得生硬乏味。試看以下示例：

> 關於讓男人去當袋鼠男人一事，我的想法是：以前有男強女弱

的觀念就必定有他其中的道理，雖然政府提倡男女平等，但老人家長輩還是比較疼愛長孫。在體力和肌肉發展上男女就有差，往往男生耐力和運動會比女生好很多，但在讀書和社會工作上實力卻是相當的。女性當了母親會產生母愛照顧小孩，則男性也不會閒著，當了父親後會產生責任感去賺錢供家中費用。

閱讀完上述短文後，我們察覺其中的「表意」出現部分問題——語意發散不聚焦。如：「雖然政府提倡男女平等，但老一代的長輩還是較疼愛長孫。」一句在邏輯連貫性上存在問題，作者嘗試想要表達：雖然現代社會講究「男女平等」，但，上一代長輩還是普遍存在著重男輕女的觀念。就語義學角度來看，「男女平等」和「疼愛長孫」之間的關聯性無法直接連結，需要進一步的語境設定和論述支持。因此，作者可以將句子修正爲：「儘管政府提倡男女平等，但老一代的長輩還是存在著重男輕女的觀念，所以『疼愛長孫』這樣的說法在不少家庭中都還聽得到。」此修改有助於表達明確語意。

又文內的情境設定「女性當了母親會產生母愛照顧小孩，則男性也不會閒著，當了父親後會產生責任感去賺錢供家中費用。」反映了一種傳統性別角色的預設，「女性當了母親」後將會出現以下幾種現象，現象一：「女性當了母親會產生母愛照顧小孩」，此句沒有語意或邏輯的問題，但以「產生」來述說「母愛」的發生，不如用「激盪出」母愛更爲傳神。現象二：「則男性也不會閒著」，此句直接跟在「女性當了母親會產生母愛照顧小孩」後，語意脈絡顯得不太順暢，女性當了母親，男性（正常推想就是「先生」）自然是當了父親，這部分可以直接表述，無需說「男性也不會閒著」。因此，可以將此段文字修改成「女性當了母親後會激盪出母愛，極力去照顧小孩，同時，家中的父親也會萌生更多責任感，想去賺錢以供給家中的花用。」較爲適切。

症狀（二）為賦新詞強說愁，辭溢乎情。

此類寫作症狀是：背誦過多名言佳句、金玉良言、典故事蹟，對於閱讀及寫作活動表現出高度投入的態度，書寫時異常「用力」，將所掌握的知識、典故、名句、儷辭，經深思熟慮後進行堆疊、鋪排於字裡行間，形成一種華麗豐沛的文風。然而，此類寫作方式有時顯現出過度偏重形式，忽略實質內容的傾向，流於「形式重於內容」、「美則美矣，卻缺乏靈魂」之感。如：

> 老年總嚮往原鄉，緬懷斯九月九滿山遍野的茱萸，所以拉響生命的胡琴，和著母親手搖的片片桂花雨，吟唱故土的鄉音，逐漸荒腔走板，跟不上時代的巨浪，我願以琦君的溫婉航乘老年的星星兩鬢，在一輪明月中喑啞熟稔的鄉腔，在半生滄桑中追覓黑白水銀

交會瞬放的光亮，讓金手軸的反光映在深處的思緒。荷葉生時春恨生，荷葉枯時秋恨成，深知身在情長在，悵望江頭江水深。在生命的晚霞中，我仍願擺渡將朽之身和枯瘦的黃髮，向我最親愛的土壤潛行，在心中最柔軟的昌盛原野耕耰，等到少年滿城將至的大雪，壯年跌跌撞撞的挫折碎片，再次覆蓋我的心靈時，我願摘下白月光黏在衣領，化開硃砂痣抹在牆頭，那日復日的飯黏子和蚊子血在我的航途流淌，最終化爲來世第一聲雞啼，貫徹九霄。

審視上述文章時，不難察覺作者對詩文典籍之熟稔，每句的用字遣詞都顯露出精雕細琢的努力，然而，過多繁複瑰麗的堆砌，導致讀者眼花撩亂，沈浸在文字的豐富迷離中，卻忽略文意欲傳遞的核心。劉勰在《文心雕龍．情采》云：「夫鉛黛所以飾容，而盼倩生於淑姿；文采所以飾言，而辯麗本於情性。」[2] 亦即文句需要修辭以突顯美感，達到藝術性的高度；不過，必須注意的是修辭的「適當性」，過分修飾會使閱讀變得緊繃與壓力。所以，在文學創作上，應避免過與不及，審慎拿捏文字之運用。文之所以感人，乃源自寫作者內在的真情流露。

一般而言，閱讀文本時，足以令人深思的文句所具備的特質是，具有深刻意涵或與個人經驗共鳴，如紀伯倫所述：「你無法同時擁有青春和關於青春的知識；因為青春忙於生計，沒有餘暇去求知，而知識忙於尋求自我，無法享受生活。」直接而淺顯的文字，卻蘊涵深刻的哲理，紀伯倫意指，盡情享受青春之際，便難有餘暇致力於知識的追求，反映出時間的有限性與選擇的必然。

---

2 【南朝梁】劉勰著、周振甫注：《文心雕龍・情采》（臺北：里仁書局，1984年），頁599-600。

然而，亦有另一種引人深思，仔細咀嚼的文字，不過，在主旨意趣上，卻讓人眼花撩亂，不易掌握者，如：

自古以來，文人們老是喜歡對著傍晚時的餘暉吟詩作對，他們高聲讚揚著七彩夕霞多麼絢爛奪目並且將國破家亡的忿恨，寄託給帶著世界，自光明而黑暗的黃昏。但是何嘗有人靜下心來品味破曉時，那纖弱、如受驚的兔一般、小心翼翼的光線？又何嘗有人想過，也許清晨才是帶領世界走向一切喧鬧、焦慮，以及種種怨恨的眞兇？誰說這個世界需要那麼多嘈雜？或許它想要的，只是化作一隻巨大的獸，靜靜地沈睡。

上述短文出現兩大問題，其一是文字不夠精練，「那纖弱、如受驚的兔一般、小心翼翼的」光線、寄託給「帶著世界，自光明而黑暗的」黃昏，堆砌過多的形容詞易使句子結構鬆散；其二爲文句前後邏輯缺乏連貫性，「誰說這個世界需要那麼多嘈雜？或許它想要的，只是化作一隻巨大的獸，靜靜地沈睡」，此句中「巨大的獸」和前後脈絡缺乏關聯性，此種現象好發於寫作者要表達之思想太廣，而增加過多不必要的裝飾辭藻以及突兀的比喻。

症狀（三）邏輯矛盾，文字冗贅。

若寫作者在書寫過程中未能有效控制思緒，隨想隨寫，便會導致文字無法駕馭思路，產出散亂無章的作品。這種情況下的文句常常充斥著多種語病，根源自寫作者對於修辭技巧和語法結構知識的缺乏。

寫作雖爲一種自由的創作活動，寫作者可按個人主觀意願構築作品，但考量到閱讀者的認知結構和語言理解模式，通常基於普通認知的語法習慣和語言邏輯思維所寫成的文章，於閱讀時，較不易發生誤讀及障礙。有人認爲中文是沒有文法結構的語言，其實，這種觀點忽略了任何語言都有其基礎的構成法則，即便母語使用者或許未經過完整語法訓練，但其語言能力是得以在日常應用中逐步內化而建構其認知系統。

以下是一個邏輯呈現矛盾的句子：

> 最黑暗之夜晚，接繼的會是黎明的破曉，就算世界怎麼陰沉，微小如燭光，仍能找到閃爍的空間。

針對上文推敲其意涵，大抵指向一個概念：不論世界多麼陰沈，總會有縫隙讓光亮透射。然而這段敘述在語句銜接上欠缺流暢性，導致文意無法連貫。文中使用「陰沉」形容「世界」，暗示這個世界予人晦暗和壓抑的感受；緊接著提到「微小如燭光」，於此引發理解上的矛盾，讀者的理解是「世界微小如燭光」，但若以「微小」來形容世界，似乎是指空間上的意義，這與前文「陰沉」的世界一詞無脈絡銜接。再者，「世界」一詞具有空間概念，而「燭光」則是光線或光亮的象徵，此兩個名詞在此處也無法產生關聯，這是本段文字需解決的邏輯問題。

第三節：釐清文學與非文學、分別知性與感性

現代社會中，從學童到成人的書寫能力普遍下降已成爲常見現象。從學校裡的學生作文到高等教育階段的專業學術報告，乃至於商業溝通的正式文書和電子郵件，均可觀察到許多人在文字表達能力上的缺乏與缺失。

閱讀文章或文本時，即使讀者不是專門研究者，也可以從文字內容及語言風格，約略區別出文章的屬性，如：科普文章、政治論述、文學歷史等等，而更大範圍的分辨則有：知性與感性、文學或非文學。在英文的世界裡，我們常常可見他們將文本約略區分成的“Fiction”和“Nonfiction”兩大面向（英文字典中，對它的解釋是：“Fiction” refers to the writing created from the imagination .“Nonfiction” refers to the writing based in fact.）簡單來說，西方世界是以「虛構」與「非虛構」作爲是否爲文學作品的標準，其字典意義也說“Fiction”主要奠基在「想像」，而“Nonfiction”

則奠基在「事實」。

此外，知性與感性的差別到底是什麼？又是什麼樣的情形造成彼此之間的差別？簡單來說：知性文字的主要用意在「呈現觀點」，而感性文字則更多在「表現情意」。

- 感性文字——感受的表達：人一旦習慣了孤獨，那才是比悲傷更悲傷的事。（電影金句）
- 知性文字——論點的表述：假如你無法將一件事物簡單表述，那意味著你不夠瞭解。（愛因斯坦）

傳統上，學術評量未將寫作能力細分為「感性」與「知性」等類別，不過，就實際生活與專業領域所需，我們可以將寫作的內容概分為：「感性」與「知性」兩大面向，且其分類略近於「文學」與「非文學」。非文學性的作品，如公告、操作手冊、科普文獻等，主要目的在於提供訊息與傳遞資料，這類型的書寫傾向採用**分析、評論的形式**，如此的書寫風格恰與社會中頻繁運用的語文能力相吻合。

而文學作品不僅注重文字的使用及審美，同時也重視情感的訴求。**文學的定義之一，是以語言爲媒介的藝術**，要求語言精確妥貼是衡量文學作品優劣的關鍵指標。文學本質有著美學與藝術的屬性，因此文學作品在創作上深諳隱喻和象徵的運用，以此擴展審美思維和想像空間，鑑於此，文學文本與非文學文本所使用的語言型態必定不同。

以下爲非文學的科普文本，請仔細審視其語言特色及風格：

> 認識糖尿病的人，一定都知道胰島素的重要。這個激素幫助細胞儲存醣類和脂肪以提供能量。當身體不能產生足夠的胰島素（第一型糖尿病）或者對它有異常反應（第二型糖尿病），就會發展成許多循環系統和心臟方面的疾病。但最近的研究顯示，胰島素對大

腦也很重要——胰島素異常和神經退化性疾病有關，如阿茲海默症（alzheimer's disease）。

長久以來，科學家相信只有胰臟會製造胰島素，而中樞神經系統完全沒有參與。到了 1980 年代中期，幾個研究團隊在大腦發現了胰島素。顯然這個激素不僅可以通過血腦障壁，大腦本身也能少量分泌。（《科學人》2008 年第 77 期七月號）

非文學性的文字寫作如同這篇胰島素簡介之短文，重視資訊的正確因果及關聯脈絡，不以文字的審美爲寫作重點。

以下爲文學文本範例：

對於出生於亞熱帶的我而言，關於北國，有著無數的、自行釀造的想望：是挾著幸福青鳥之翼的極光，是紅綠交織的繽紛聖誕節，是冷冽到急凍肺泡的低溫，是單一卻閃著碩大美麗的成林枯木……

文學文本中，作者的主觀性往往顯著，其企圖與志向通過文本展現。讀者可透過文本閱讀以理解作者的深層思想；相對而言，非文學文本有較多客觀性的論述，旨在解釋、報告或宣達具體事件、事物等，這使得作者個人風格並非文章焦點。

「情感性」是文本展現其文學性的關鍵因素。情感不僅僅是形成文學材料的要素之一，也是個體與外物交融的結果。文學作品中經常可見人的情感與外在世界之間的關聯，如辛棄疾的名句「我見青山多嫵媚，料青山見我應如是」，便是人與自然環境之間的移情關係及投射作用。

文學作品爲了彰顯作品的獨特性，它包含了作者主觀的情緒色彩。然而，即使是在文學語言的範疇內，情感的表達強度和方式也是多樣的，既有直接也有隱晦，不必局限於文采華麗風格，亦可採取平實理性的風格。

透過上述文學與非文學文本在語言使用上之對比分析差異，我們發現文學文本通常傾向詳盡敘事和描寫，詞性運用靈活多變，情感表達的詞彙使用也相對頻繁。而非文學性作品主要集中於說明、議論或闡釋，其語言風格追求客觀。

人類在認知過程中，大腦的邏輯運思主要涉及知性（理性）與感性的交互作用。然而，所謂的「感性寫作」並非僅僅指涉情緒的反應，而是傾向於抒發情意，如：喜怒哀樂等感受，「情意」不等於「情緒」。情意的抽象表達往往需要藉由具體事物的描繪來達成；而「知性寫作」則傾向實用的語文表達能力，涵蓋了圖表的解讀、數據的統整、現象的解釋、事實的驗證以及觀點的提出等，這也是日常生活與職場所不可或缺的技能。

寫作過程中，大腦中並不存在絕對的知性與感性二元區分。任何一篇文章都蘊含著知性和感性的元素，相互交織且不可分割，類似於華人哲學中太極的陰陽互涵理念，即在感性中包含知性，在知性中也滲透著感性。當分析一篇科普性質的文章時，我們可以清晰地辨識出其與文學文章在特質上的差異。知性文章的特徵在於提供知識點、表達某種觀點及論點，其核心目的是傳遞明確知識和加強理性辯證。並且，知性型的文本中，其特色是對主要觀點的明確表述和文句邏輯連貫的建立，以此強化文章的主旨和核心思想。若文章缺乏焦點、支離破碎，或未能深入探討並聚焦於主題，則可能會逸出主題。

我們再看一篇非文學的科普文本，並嘗試分析與辨認其語言模式、構句型態與表述特性。

> 歐洲人在十八世紀發現澳洲以前，由於他們所見過的天鵝都是白色的，所以，在當時歐洲人的眼中，天鵝只有白色的品種，直到歐洲人發現了澳洲，看到黑天鵝。

在發現澳洲之前，舊世界的人相信所有的天鵝都是白的─這個想法其實沒有錯，因為它和實證現象完全吻合。但只要一隻黑天鵝，便足以讓一個基於白天鵝被看到千萬次所形成的認知失效。出乎意料的黑天鵝事件，說明了人們從觀察或經驗所學到的事物往往有其侷限。人們無力預測黑天鵝事件，也顯示了人們無從預測歷史發展。但黑天鵝事件發生後，人們又會設法賦予它合理的解釋，好讓它成為是可預測的。因此，許多學說總在黑天鵝事件後出現。雖然令人難以置信的黑天鵝事件經常衝擊現有的局勢，但我們如果願意反知識操作，或許可以從中僥倖獲利。事實上，在某些領域─例如科學發現和創業投資，來自未知事件的報酬非常大。發明家和企業家往往注意雞毛蒜皮的小事，並在機會出現時認出機會。（107年大學學測國文考題改寫自 Nassim Nicholas Taleb《黑天鵝效應・前言》）

從上文可知，非文學之科普文章的主軸不在於語言的華美，也不著重於表達作者的個人情感。反之，此類作品的核心在於展示特定的知識結構，以及提供關於該知識體系的正反論述。所以，科普文章不一定提供明確的答案或結果，但，它必定會導向一個「**暫時的結論**」，作爲當下研究或討論的綜合性判斷。

第四節：嘗試身手，調整病句

以下為一則有語病或是語言癌的句子，試分析及修正如下：

> 壓力鍋將密閉鍋內壓力變大後，使水的沸點變高，如此便能更快將食物煮爛。

語病處：上述方框內的文意所表達的意思是有兩個鍋嗎？是指壓力鍋與密閉鍋嗎？

修正：壓力鍋的原理是將密閉的鍋內壓力變大後，使水的沸點變高，如此便能更快將食物煮爛。

以下為日常生活中一些有語病或語言癌的句子，請嘗試分析、修正與解析。

1 生命是一方照射世界的陽光，溫暖了天地之間所有的人事物，即使受傷，也能得到一絲慰藉。

修正：生命是一方照射世界的陽光，溫暖了天地之間所有的人事物，即使隱微幽閉的角落，仍然擁有餘溫的照拂。

2 沒有物質的愛情是一盤散沙，不用風吹，走兩步就都散了，我們需要用純淨的水讓它凝聚起來。

修正：沒有物質的愛情是一盤散砂，不須風吹，一丁點兒時間，就消失無蹤。沙要再聚集成堆，而後成塔，是要靠時間與空間合力，並且適時加上一些水來調劑與塑形。

3 幸福是麥芽糖，永遠甜甜的黏在一起，卻不會覺得膩。

修正：幸福是麥芽糖，甜甜的黏在一起，永遠不會覺得膩。

4 青春是不斷碰壁的迷宮，雖然充滿挫折卻終會找到出路。

修正：青春是不斷碰壁的迷宮，過程中，雖然充滿未知，終究能找到出口的。

5 然而昔日的光景仍溫存於腦海深處時，當夜深人靜時偶然的回想只會令人覺得格外的清晰與痛心。

修正：昔日的光景仍存在於腦海深處，每當夜深人靜時，他們會不由自主地翻攪後浮現，令人覺得分外與懷念。

6 青春是首來不及完成的樂章，在音符乘著浪頭上打上岸的前一瞬間，就匆匆的退去了。

修正：青春是首來不及完成的樂章，在音符乘著浪頭逐一拍打上岸的瞬間，就隱沒在浪潮裡了，看不到共鳴同奏的時刻。

7 孩童時的那份純真，勝過了一切的壓力與不安，不知道出了社會後的壓力，也不了解如何去安排未來，只知道用笑聲來帶過一切。

修正：

(1) 孩童時的純眞，不解所謂的壓力與不安爲何物，不知道課本的壓力，也不了解未來是怎麼回事，只知道以笑聲塡滿生活。

(2) 孩童時的那份純眞，是每個人想要回頭尋找的記憶。孩子不知道進入社會的壓力，也不了解未來是怎麼回事，笑聲與歡樂是那時生活的全部。

8 聖母峰上的雪原映著深白的光，那是我的目標，願望達成之際的吶喊，它將要來到，滿足我青春十八的願望。

修正：

(1) 聖母峰上的雪原映著皚皚的白光，那是我夢寐以求的目標，當願望達成之際，我放肆地盡情吶喊，滿足我青春十八的願望。

(2) 聖母峰上的雪原映著深白的光，一道指引夢想的光。那登上峰頂的吶喊，終將響徹雲霄，縈繞在雪原之上。

9 我和爸媽相處時間變那麼少，大概是當我可以將整隻腳掌放在地上的時候吧！此時的我也已經疲力竭，是心中的疲倦。

修正：**當我可以將整隻腳掌放在地上行走，開始我的人生時，才發現我和父母相處的時間也漸漸變少了。**

10 新手機問世了，蘋果的第十五代手機問世了，它的價格是智慧型手機，前所未有的高，甚至是超過一台最入門的機車。

修正：**新手機問世了，蘋果的第十五代手機問世了。它的價格是截至目前爲止，所有智慧型的手機裡，金額最高的，甚至已經超過了一台入門機車的價格。**

11 生命是一泓出現在沙漠裡的泉水，使瀕臨絕種的人重新看到生活的希望。

解析：**此句將生命譬喻成「泉水」，句後使用「瀕臨絕種的人」一詞來做爲承接，似乎不太妥當？（世界滅絕的概念嗎？）而後又有看到**

「生活的希望」，爲什麼生命是泉水而可以看到生活的希望？「生命」和「生活的希望」兩詞的有何關聯性呢？

12 愛情是鮮紅的薔薇，在月光下綻放的它的鬼魅，卻又像蒼白的玫瑰，訴說著人們凋零的心。

解析：這裡把愛情譬喻成兩個主體：「鮮紅的薔薇」、「蒼白的玫瑰」，不過它的敘述太簡單，以致在意義上不夠具體。鮮紅的玫瑰在月光下綻放鬼魅，還可以想像它們之間的連結；但是蒼白的玫瑰訴說凋零的心，讓人難以連結，建議可以針對其中一個主體深入地譬喻會比較好。

13 生命是一個偌大的校園，從來不放學，鐘聲永不停歇，保存了你我的天眞無邪。

提問：校園永不放學，鐘聲不停，就可以保存「天眞無邪」，這中間是否缺了什麼語句成分？

14 愛情是未知的黑洞，吸引你去探索它的甘甜，然而太過沉醉會被四分五裂。

提問：「未知的黑洞」爲什麼會有甘甜？

15 能和爸爸跟好朋友爬山是一件非常幸福的事情！

提問：此句中的「好朋友」是爸爸的好朋友？還是作者自己的好朋友？

16 收到冬瓜及南瓜眞的很高興，但就是會要連續吃好幾天。

解析：此句是很典型的「口語化」文字，要做更多修正，讓它與文字靠近。如：收到住在南部的父母寄來親手種植的南瓜、冬瓜，眞的讓人倍感溫暖；不過，讓獨居的我頭疼的是，可能得一連數天吃同樣的食物了。

17 青春是尖鋒時刻的十字路口，只有情感在同一時間進流於心中。急速奔騰，小心迴轉。同時接收著來自各方的訊號，徬徨的找尋該走的方向。

解析：這句話有三個句號，意謂應當有三層意思。首先，第一層次，將青春譬喻成十字路口，可是「情感同一時間進流於心中」和十字路口的關聯是？前後文意銜接不當。第二層次，急速奔騰，小心迴轉的主詞是誰？是青春？是十字路口？還是……？此處也是語意不明。第三層也和第二層犯了同樣的問題。

18

愛情是缸滿水的甕，甕底破了個洞，水失去控制地流，直到被掏空，只能靜靜等待時間，將其再一次填充。

解析：此句前三個分句都沒有問題，語意流暢且銜接；但是，第四句「直到被掏空」就前後文意邏輯來說，並不正確，因爲，已經說甕底破了個洞，爲何又被掏空？是什麼東西被掏空？是何者（主詞）掏空何者（受詞）？句子接著又說「只能靜靜等待時間，將其再一次填充」，如果就前面的語意來看，甕底破洞，又如何僅靠時間就能夠復原？並且「將其再一次填充」這句的主詞是誰呢？到底是填充誰？整個句子在主詞與受詞（接受方）兩者的定位不明確。

第三章

認識與內化：文章的內部與外延

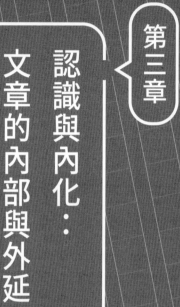

第一節：寫作的基本目的——敘說詮釋、溝通表達

寫作，視爲一種評量個體在分析、應用、統整、連結、聯想及綜合等多元能力之有效工具，不應只被當作產出的「結果」，它更應被視爲一種綜合性的「學習過程」。在寫作的歷程中，寫作者可探索不同的概念、發掘多重的關聯、建構多元的組織以及整理跳躍的思路。這過程類似於導演策劃一部電影，透過角色設定、情節發展、場景佈置和道具運用等有形或無形元素之組合，以傳達核心理念與創作意圖。

開始寫作前，必須先釐清一個關鍵概念：寫作主要目的在於傳達寫作者的思想、意念及心緒，是表達能力的展現。其首要目標應是清晰溝通，使他人能夠理解與接受，進而達成交流的目的。至於文章的審美或藝術層次則屬於進階目標。

此外，「作品」與「文本」這兩個常被混淆的概念需被明確劃分。從學術的精確性而言，這兩者皆指稱創作的產物，不過，「作品」一詞是從作者的角度出發，具有某種程度的封閉性，作者爲作品的創造者；「文本」一詞則是中性的，不以作者中心爲考量，它是開放的，開放給讀者自由解讀、審美與詮釋。基於讀者可能將「文本」視作過於學術的用語，本書傾向使用「文章」這一更爲中性的詞語以便於理解。

第二節：解剖文章的組成要素：字、詞、句與段落

一、元素一：字是什麼？

文本的結構具有內在有機性（organic），其組織形式依循字、詞、句、段，逐步累積，最後匯聚成完整文章，這一序列化過程在各語言體系中普遍存在。

就漢字而言，其構成學問博大精深且應用規則具有明確系統性。在中文語境中，一個漢字可以同時具備「字」和「詞語」的雙重身份。例如：「天」字既是一個獨立的字，個別使用；也能與其他漢字結合，形成新的詞語，如：「天氣」。魯迅在小說〈藥〉裡的有一段精彩的敘述：

> 那人一只大手，向他**攤**著；一只手卻**撮**著一個鮮紅的饅頭，那紅的還是一點一點的往下滴。老栓慌忙**摸**出洋錢，**抖抖**的想**交**給他，卻又不敢去**接**他的東西。那人便焦急起來，嚷道，「怕什麼？怎的不**拿！**」老栓還躊躇著；黑的人便**搶**過燈籠，一把**扯**下紙罩，**裹**了饅頭，**塞**與老栓；一手**抓**過洋錢，**捏一捏**，轉身去了。

上述文字中一連用了十幾個與手部動作直接相關或間接相關的詞彙：「攤」、「撮」、「摸」、「抖」、「交」、「接」、「拿」、「搶」、「扯」、「裹」、「塞」、「抓」、「捏一捏」，這些精細的詞彙，豐富了作品的敘事層次，也傳神地顯現出小說裡人物的舉措態度、心理變化及情節發展。這些衍生自手部動作的詞語，情節張力及人物形象藉此細微的刻畫而躍然紙上。

〈藥〉是一篇讀來沉重的小說，作者藉由夏瑜慷慨就義和華老栓買人血饅頭以治療兒子癆病的故事，深刻揭露並諷刺舊社會的腐朽體制及民衆的愚昏。暫且不考量文本中其他的情節，藉由以上節選文字中可見，華老栓不惜耗盡所有積蓄，與人口販子進行交易，買了人血饅頭，從中可看出一種混雜著無奈、濃烈與複雜的父愛。

二、元素二：詞是什麼？

在現代漢語詞彙學中，詞的構成原則按照語法學的分類，可大致分爲「單純詞」與「合成詞」兩類。單純詞是由單一語素構成，再進一步可細分爲單音節詞，如：天、地、花、鳥，以及多音節詞（包含雙音節和三音節），如：彷佛、咖啡、嘻嘻、哈哈。這些多音節詞的意義有賴於各音節的疊合，若分開來則無法維持原有意義。

與單純詞不同，合成詞由兩個或以上能單獨表意的語素組成，構成了漢語詞彙的主要部分。如：火車、冰涼、動靜、天地、年輕、月亮、看見、書桌……。合成詞在結構上表現出多樣性，例如「電燈」、「路燈」、「桌燈」等詞語中，藉由前面語素「電」、「路」、「桌」等字來限制並修飾後一個語素「燈」字，以完成該詞語的意義。又如：「老師」、「老爸」、「桌子」、「椅子」，這些詞語在主要語素「爸」、「師」、「桌」、「椅」等字前後，加上修飾成分（詞綴），這些詞綴通常不獨立表意，但有助於詞語意義的確立，展現了合成詞的構詞法。

另外，中文詞彙研究裡，我們可觀察到許多反應華人文化特徵的現象。如：「牙科」與「齒科」的使用區別就揭示了漢字文化的差異性（臺灣習慣稱呼「牙科」爲多，日本用「歯科」爲多）。依據《說文解字》之解說，「牙」是指位於口腔後部的牙齒，卽臼齒，而「齒」則是指前排的門牙。成語「唇亡齒寒」形象地描繪了牙齒（特指前齒）與唇部的相互保護關係。然而，隨時間演進，「牙」與「齒」的含義逐步融合，現今兩者通常一併用來指代所有的牙齒。

再者，「口」與「嘴」雖在日常交流中可能被視爲同義，但細究則發現其中之文化差異及語用場合不盡相同。「嘴」多用於口語交際，屬於非正式用法，而「口」則常見於書面語，用法上較爲正式。以「嘴」構成的詞彙，多與發聲或說話相關，如「多嘴」、「插嘴」、「七嘴八舌」、「油嘴滑舌」、「伶牙俐嘴」；而以「口」構成的詞彙則涵蓋更廣泛的概念，與言語表達和溝通內容相關，如「口號」、「口訣」、「口碑」、「口若懸河」、「出口成章」、「守口如瓶」、「讚不絕口」等。這些詞彙的差異反映了中文詞彙的豐富性和文化內涵的深度。

三、元素三：句子是什麼？

在語言學的範疇內，「句子」是由詞、詞組或分句透過語法結構所組成。句子最基本的定義可以歸納爲：能傳遞相對完整概念與意義的表達形式。每個句子本身蘊含特定的語氣與語調，且在流暢的言語交流中，句與句之間存在明顯的停頓。句子所傳達之意義，乃是透過各詞彙之所指內涵以達成；缺乏詞彙意義的支撐，句子便無法有效執行其功能。於是，解析詞彙的意義，成爲組句的基本前提。

舉例而言，「飛鳥」與「鳥飛」之間的差異是什麼？「飛鳥」爲詞語，其所蘊含的概念相對未完備，可能涵蓋不特定的意象及多重意義，它所傳達的意思可能有：天空中有幾隻「飛鳥」、山谷的「飛鳥」被獵人射殺了、窗外的「飛鳥」看來好自由……。相對之下，「鳥飛」則明確表達了「鳥飛走了」這一概念。因此，句子最簡單的定義就是它是**表意完整的最小單位**。以下示範一則表意完整的句子：

> 我的那位好友，像是遙不可及的太陽，永遠高高掛在天上，閃耀著無與倫比的熱度，告訴著眾人「不要靠近」，更多時候是宣示著「不可靠近」。

從上述範例觀之，句子的構成與字數多寡無直接相關，而是與其表意完整性密切。句子的組織須符合邏輯性與語法結構的規範。初學寫作之際，使用者可能尚無運用藝術化語句表意的能力，故建議面對複雜的思想及概念時，先使用簡潔明確的文句進行闡述，力求明確表意。並且，採用短句進行表達，能夠減少不必要的文法或邏輯錯漏，以求語意清晰傳達。

四、元素四：段落是什麼？

理解「詞語」及「句子」的定義之後，我們將焦點進一步轉向「段落」之組成。段落概念涉及文章結構的組織與規劃，它是文本架構中不可或缺的部分。任何文本均由數個段落編排而成，每個段落均按照「一段一主題」的原則構築。寫作者爲闡明其立論，面對論證過程的複雜性與衆多論據，分節表述成爲一種策略。透過將單一論點拆分爲二至三個段落進行詳細論述，既可避免單一段落冗長過度，亦能保持論證的清晰與凝聚。撰寫過程中，必須緊扣主旨與核心，避免類似口語表達時的隨意牽引，造成文意散亂無綱的問題，因此，完成一個段落之後，可以從頭回讀誦一次，藉此確認語意邏輯的接續性。

至於文章的整體結構，東西方書寫系統中皆強調了「開頭、中間、結尾」的序列。這不僅是一種普遍現象，亦是所有敘事的基本架構。在寫作過程中，這一程序是必要遵循的：題目一經確定，對於題旨的解讀與相關資料便隨之成形。開頭段落應該明確陳述、介紹或引導題旨，爲讀者提供一個概念框架。接續而來的是文章中段，即「發展」階段。在這一階段，應深入描繪過程與細節，透過實例、故事或經驗來支撐論點，此亦爲一種因果邏輯的思維訓練。

對於文章結構的安排與組織，存在諸多行之有效的策略。雖然有些寫作術語如「起承轉合」、「總分合」等似乎略顯陳腐，不過，它們在結構性思考與寫作訓練中具有不可忽視的價值。

五、序列式組合：試試身手，從造句到組段

寫作是思考力的鍛鍊，如何安排意念的架構、怎麼放置材料的順序，都是一種思考的練習。我們看以下的例子，檢視它們如何從句子走到段落。

題目要求

第一步：**造句**。請先以一個具體的事物來描述你最喜愛的顏色，二十字左右。

第二步：**組段**。從前面所造的句子中，再發展成一個段落，也就是將第一步所寫的內容更具體地深化及發展。

句子：

> 橘色是太陽揮別蒼穹前所遺留下的珍珠手環，企圖在黑幕來臨前，給大地一絲溫潤與和煦。（朱恩言）

小時候怕黑，總以爲沒有光照的角落躲著凶惡的大怪獸，因此，竟天眞的相信「橘色」是太陽送給大地的光明，是趕走黑暗的秘密武器，我一直如此信仰著。如今，我當然不再畏懼黑夜的來臨，但那美好的神話，就這樣留在心底，伴隨著美麗的童年收藏在記憶的匣子裡。如果，紅色象徵殺戮戰場，橘便是養足生命的穀場；如果，粉紅是初戀甜蜜濃郁的浪漫，橘便是老夫妻牽起百年款款的深情；如果，黃是青春期耀眼的奔馳，橘便是孩提時天眞的垂涎；如果，白是萬物沉睡的安息，橘便是重生的甦醒；我愛橘，因爲它是人間最美的一道溫情。（朱恩言）

在前揭的範例中，我們觀察到「句子」部分針對「橘色」這一概念進行了初步陳述，標明其爲作者偏愛的顏色。而進入「段落」階段時，作者對橘色的意涵進行了深化探討，並透過具體的比擬使其形象生動且具體。

接續，我們探究何謂「一段一重點」的概念。下文段落中，作者旨在傳達「在平凡的日子裡，一切都是細碎而惱人的」的觀點，此處透過細節描寫，刻畫日常生活中那些惱人而細碎的具體片段，從而達到表達主旨之目的。

平凡的日子裡，一切都是細碎而惱人的。樓上住戶每天乒乒乓乓拖步行走的穿腦聲響；主管說上個月業績不佳，要再多加油；老爸的關節炎隨著季節此起彼落的放肆著；小孩的導師又打電話說聯絡本沒有交，請家長多注意；房貸還沒繳款，銀行的來電很想設定成拒接電話……。日子或許就是這樣，柴米油鹽烹煮著喜怒哀樂，像張愛玲所說的「咬嚙性的疼痛」，大徹大悟的壯闊敘事不常見，倒是許多小情小愛、小奸小惡交織出生活的全貌，給了我們許多隱隱作痛的時刻。每天，因著這些不同的人、事、物，糾結纏綿出許多變化，也調理出生活的各種滋味，在苦澀多於甘美的時候，總有一些閃爍的明亮在灰濛濛裡，一眨一眨的向你頷首微笑。於是，我們又能振作起來了。

小試身手 以下文章，由四個小段落組成，請嘗試解讀，它的四個段落各自表達的主旨爲何？它們又如何組織成一個中心明確的文章總體？

1 我們和時間賽跑、和歲月拉鋸，試圖活出自我、活出燦爛、活得無悔無憾。可，人生豈能無憾？人性是攫取與前進的，溫飽了，希望富有；富有了，期待心靈充實。成名的和平凡的互相羨慕；取與捨之後，互相遺憾。

2 選擇本身並沒有對錯，只是，人們通常對於另一條沒有選的路，將之化成捨不下，也忘不掉的珠砂痣或是明月光。

3 有時候，生命中必要的不一定是「夢想」，而是「遺憾」。遺憾曾經是夢想的一員，只是殞落了，但它的餘燼仍帶點火光，時不時要復燃。也許曾經錯失良機，或者當時太過年輕……，總之，當時的種種因緣，造成了遺憾，不過，正因為如此，遺憾成了推進器，它成了生命前行的動力，推動你嘗試再去接近，或完成目標。縱使，窮盡一生，你可能還是沒來得及達成，這「遺憾」也不會消失，而是換個形式，甚至，成了其他人的夢想。

4 「遺憾」之必要。它帶來的悔恨及惋惜，使人輾轉反側，寤寐思服，於是，它竟有了比「夢想」還值得去實現的理由。（楊曉菁）

第三節：協調於文字之外——標點符號的樣貌與姿態

在文本中，除了可視的文字之外，另外，扮演重要角色的是——「標點符號」，「標點符號」具備表情達意的功能。儘管許多人對於標點符號的認識不深，但它們在中文書寫體系中占有舉足輕重的地位。

對於現代漢語標點符號的運用，一般人使用「逗號」和「句號」居多，所以，常可聽到「一逗到底」之嘆。這一說法雖有戲謔之意，卻深刻揭示了公衆對於標點符號運用的不熟悉，臺灣教育部公布的標點符號共有十五種，可以思考的是：而事實上，適當而精確的標點符號運用對於確保文本的明確性和可讀性至關重要。

文字的本質在於記錄與傳遞人類的思想與情感，但文字本身有時並不足以完全傳達心中所思所感。因此，標點符號的誕生便是爲了補充這一不足。現行使用的中文標點符號是在民國初年新文化運動時，由學者專家參照中西方文字的應用特性發展而成的一套系統，其後成爲文學作品中不可或缺的元素。標點符號在白話文推廣及使用中肩負起表意的功能。

標點符號如同公路交通標誌，在文本中引導讀者解讀語句的流向與節奏，有助於辨識作者的語氣、情感及意圖。讀者藉由這些符號，不僅能預測和推論文本的直接含義，還能透視至文本更深層的隱喻意義和美學層面。因此，標點符號的恰當運用，對於增強文本的表達力和美感，以及提升語言溝通的效率與精確度，具有決定性影響。

一、現行的十五種標點符號

目前我國頒行的標點符號共有十五種，每一種根據它們在不同句型和語境下的特定規範來運用。標點符號的設計旨在標明詞句之間的關係、性質以及它們所屬的類別，從而輔助讀者精準地把握文句的意義，以達到對文本更爲精緻和全面的理解。舉例來說，驚嘆號揭示了情感的波動，問號則指示了疑問所在，而句號用於表達一個語意完整的句子結尾。所謂「語意完整」的句子，乃指能夠清晰且完整地表達一個「訊息」的句式。

一個句子是由若干文字組成，方能產生效用；段落則表達了一個完整的概念，而各個段落的結合又是構成一篇文章的基礎。在文字和標點符號的共同作用下形成了字、詞、句、段、章的明確分野，這些範疇的界定讓讀者能夠明確識別與理解文本結構。

以下爲教育部對於中文書寫使用的十五種標點符號進行的定義及說明：

符號名稱	符號樣式	簡單說明
句號	。	句號代表一句話終了以後的停頓，表示以上所言是一個完整的句子。
逗號	，	逗號用於隔開複句中的各分句，或標示句子內語氣的停頓。
頓號	、	頓號用於並列連用的詞、語之間，或標示條列次序的文字之後。 **如：我的興趣有：游泳、瑜珈、跳舞。**
分號	；	用於分開複句中平列的句子。 **如：鯨魚是獸類，不是魚類；蝙蝠是獸類，不是鳥類。**
冒號	：	用於總起下文，或舉例說明上文。 **如：哺乳動物有：虎、豹、熊、獅、鯨魚等。**

符號名稱	符號樣式	簡單說明
引號	單引號「」 雙引號『』	一、用於標示說話、引語、特別指稱或強調的詞語。 二、引號分單引號及雙引號，通常先用單引號，如果有需要，單引號內再用雙引號，依此類推。 三、一般引文的句尾符號標在引號之內。 四、引文用作全句結構中的一部分，其下引號之前，通常不加標點符號。
問號	？	用於表示疑問的詞語或句子之後。 如：**我這樣愛你錯了嗎？**

符號名稱	符號樣式	簡單說明
夾注號	甲式（ ） 乙式 —— ——	用在句子中，主要是注釋或補充說明。 甲式：前後符號各占一個字的位置，居正中。前半不出現在一行之末，後半不出現在一行之首。 乙式：前後符號各占行中兩格。前半不出現在一行之末，後半不出現在一行之首。 如： 甲式：高鐵通車以後，從北到南（臺北—左營）不用兩個小時。 乙式：元宵節——亦稱上元節、燈節——除了提燈籠外，吃湯圓也是習俗之一。
驚嘆號	！	用於感嘆語氣及加重語氣的詞、語、句之後。 如：咦！你到了？

符號名稱	符號樣式	簡單說明
破折號	——	用於語意的轉變、聲音的延續，或在行文中爲補充說明某詞語之處，而此說明之後的文氣需要停頓。 如：當「愛之激素」在體內分泌時，這個人——無論男女，就會母性大發，變得溫柔慈悲，愛心十足。
刪節號	……	用於節略原文、語句未完、意思未盡，或表示語句斷斷續續等。 **如：爸爸嘴裡哼著說，「這小孩……」。**
書名號	甲式 ～～～～ 乙式 《》〈〉	用於書名、篇名、歌曲名、影劇名、文用件名、字畫名等。 **如：《史記》、〈桃花源記〉、赤壁賦**

符號名稱	符號樣式	簡單說明
專名號	——	用於人名、族名、國名、地名、機構名等。 **如：《史記》作者是司馬遷**
間隔號	•	用於書名號乙式、書名與篇章卷名之間，或是外國人姓名的中譯： **如：《史記・刺客列傳》、約翰・史密斯**
連接號	甲式— 乙式～	一、連接時空的起止，如：高鐵通車以後，從北到南（臺北—左營）不用兩個小時。 二、連接數量的多寡，如：那條黃魚重約 1.2～1.6 公斤。

附註：標點符號從原本的十四類變成現在的十五類，其中的差異是：「連接號」是新增的，而「間隔號」則是原本「音界號」之改稱，以上資料源自教育部（https://reurl.cc/z1yG7N）

（二）第一類：「形式」類的標點符號

在分析十五種標點符號的使用時，我們可將這些符號歸納爲兩大類別：第一類是「形式」類標點，它們主要負責處理文句中的特定詞語在某種語境下的運用。這一類標點通常對文章整體意義的影響較爲有限，如以下這幾種：

1 **「專名號」**：顧名思義，就是一些社會語境裡，大家常見的專有名詞所使用的符號，如：**孫文，號逸仙，旅日時化名中山樵，世稱中山先生**。

2 **「間隔號」**：是由「音界號」演變而來。「間隔號」最常見的是外國人姓名裡的分隔，像**海倫·凱勒**、**麥可·喬登**。不過，除了原有音界號的功能外，還有間隔書名與篇目的功用。如：《**論語·述而**》。

3 **「連接號」**：用來表示連接相關的時間、方位、數字、量值以構成一個意義單位，中間用連接號表示起止（開始和終結）。如：**蘇軾**（1037

年1月8日～1101年8月24日）。

4「夾注號」：有兩種形式，甲式（ ）、乙式——。它們主要用於行文中有需要注釋或補充說明的時候，如：**我們無時無刻的需要都有無數量的勞者——無論是勞心或勞力——辛辛苦苦地來供給，而我們坐享其福。（何仲英〈享福與吃苦〉）**。

5「書名號」：這是日常容易使用得到的標點符號，有三種樣式，可以參考範例表中的內容，它們用在書名、篇名、歌曲名、影劇名、字畫名等。如：

(1)《天龍八部》是小說家金庸的作品。

(2)清明上河圖現收藏在北京故宮博物院。

(3)〈桃花源記〉所勾勒的美好世界，時至今日，仍然讓人想望。

以上五種符號，是屬於「一望卽知」的符號，因此，我們將之歸屬於「形式」類的標點符號中。

（二）第二類：「內容」類的標點符號

對於其他十種標點符號，它們對於寫作表達與閱讀理解均有較顯著的影響，在文本發展的脈絡中扮演關鍵角色。因此，這些標點符號被劃分爲「內容型」標點。

1「句號」 是於語意完整的句末加以使用的標點符號。有學者主張，在標點符號的使用上，掌握句號的運用非常重要，因爲「句子」構成了文章表達完整意義的基礎單位。若能準確區分每個句子，則整段或整篇文章的意義將顯得清晰，且脈絡連貫。關於「表意完整性」之內涵，可以從結構與意義兩個面向來考量。以前一章節的「飛鳥」與「鳥飛」爲例，儘管字數相同，但結構上不同：「飛鳥」爲形容詞與名詞的組合，而「鳥飛」則將名詞與動詞組合，後者構成了一個表意完整的句子。

就意義層面而言，「飛鳥」的含義較爲模糊不清；相對地，「鳥飛」則清晰地傳達了鳥的動作，無歧義之處，適合在其句末加句號。寫作者如何運用句號，反映了其邏輯思維的清晰度。能妥善運用句號者，在傳達訊息或描述事件時，通常思路更爲條理分明。總而言之，**當一件事表述完畢時應加句號；換主題時亦應如此。**於寫作初始階段，可以透過研究各式文本對句號運用的意圖與思路，漸進性地把握句號使用的規律與邏輯。

2 「逗號」是在長句中插入以標示語氣的短暫停頓，或在複合句中劃分不同的分句，也用於隔開一連串並列短語。逗號的運用頻率在所有標點符號中居首位。然而，其確切的使用規則不甚明確，易於誤用，如此的誤用有時會導致句意的意外轉變。因此，寫作過程中關於逗號位置的精確掌握，對於維持句子原意具有重要性。所以，逗號和句號是影響文本結構和意義理解的兩個重要的符號。

3 「頓號」表示句子內部裡並列詞及並列短語之間的短暫停頓。「並列詞」是指詞性相同的詞語並列，如：「**我的興趣是：瑜珈、舞蹈、游泳。**」此句話當中，「瑜珈、舞蹈、游泳」三者屬於「並列詞」，它們透過「頓號」將其區隔。「並列詞」通常是由兩個或兩個以上的詞，按一定的語法規則組成，通過並列的方式以表達出一定意義。

4 **「分號」**是用於分隔那些具有**並列關係**且意義相等或相似的句子，這些句子在結構上相對獨立，但在意義上可能相互關聯。分號充當了逗號與句號之間的間隔符號，它解決了那些因複雜性而不宜用句號分隔的情況，同時也滿足了逗號無法凸顯句子獨立性的需求。在標點符號體系中，分號是一個意義明確且功能特定的符號，其存在讓讀者能迅速理解文句結構及涵義。針對分號所能展現的功能，其使用情境包括以下數種（並非絕對）：

◆ 兩個獨立的句子，在「意思上是緊緊相連的」。

例：娶了紅玫瑰，久而久之，紅的變了牆上的一抹蚊子血，白的還是「床前明月光」；娶了白玫瑰，白的便是衣服上沾的一粒飯黏子，紅的卻是心口上一顆硃砂痣。

◆在複句中，當「下句含有轉折」的意思時，亦用分號來隔開。通常，下句中含有「卻」、「否則」、「但是」、「然後」、「可是」等等。

例：每位同學都喜歡玩球；小明卻只想在教室看書。

◆複句中，有一個句子表示「意外的感受」（表示有轉折）時，必須用分號將它隔開。

例：小明的生日快到了；不料，他在今天卻發生車禍住院。

◆複句中，在「總結前面意思的句子」之前，加上分號。

例：各位同學若能做到多讀、多看、多想、多寫，並持之以恆；相信假以時日必能成為一位作家。

◆複句中，有「並列或對比的句子」時，也可以運用分號隔開，使整個複句的意思更完整。

例：這是最好的時代，也是最壞的時代；這是光明的時代，也是黑暗的時代。

5

「冒號」用在對後面內容的說明、介紹或解釋，另外，當有人說話、舉例、寫信稱呼他人時，也可以使用。

◆說話時的冒號。

例：子曰：「學而不思則罔，思而不學則殆。」

◆介紹及舉例時的冒號。

例：這次跨年晚會，參與的嘉賓有：蔡依林、林志玲　。

6

「問號」用於表示疑問的詞語或句子之後。這裏的「疑問」定義包括：設問（真正有所疑惑）、激問（反問、反詰）、提問（自問自答）等，均以問號作結。如：「**高鐵台中站怎麼前往？**」屬於「疑問」；「**人生到處知何似？應似飛鴻踏雪泥。**」屬於「提問」；「**你不覺得現在很熱嗎？**」屬於「反問」。

7

「驚嘆號」主要是用來表達感嘆、命令、祈求、勸勉……等帶有情感意味的句子或詞語後之標點符號，如：「太棒了！」、「好美的風景啊！」而其中又可以大略分爲兩類，第一類是「**加強語氣的語助詞**」，如：囉、吧、嘛、啊、了、呀、啦……，第二類是「**表達情緒的感嘆詞**」之後，如：哦、哇、唉、咦、哼……。許多朋友喜歡使用驚嘆號來代表心情，這裡要提醒大家的是，驚嘆號的符號是「！」，偶爾在社群媒體上看到有人用「!!」、「!!!」來代表很驚訝，其實，這樣的用法並不正確，眞正的驚嘆號只有一個符碼而已。

8 「破折號」在書寫時，佔兩格空格。它主要用於意義的轉變、聲音的延續，或在文章中，爲了補充、解釋及說明某個詞語，我們可以這樣來看，「破」表示語言文字先行中斷，然後，「折」則表示將意思轉到另一層面。如：

◆解釋或說明得更深刻

例：帶一卷書，走十里路，選一塊清靜地，看天，聽鳥，讀書；

倦了時，身在草綿綿處尋夢去——你能想像更適情、更適性的消遣嗎？（徐志摩〈我所知道的康橋〉）

◆語意的轉變

例：有一種深沉的無奈，比之「無可奈何花落去」更悲傷。花落，還能有花開的時候，花落，還能化身「春泥」，可是，當你的人生是「還能怎麼樣」時，那種無奈，是叫天叫地，最後自己——吞嚥下去。

◆聲音的延長↓

例：「嗚——」火車開動了。

9 「刪節號」

在書寫時，也是佔兩格空格，它的符號是「……」。刪節號主要用於省略原文、語句未完、意思未盡，或表示語句斷斷續續等情形。講得白話一點，就是引用他人文章太長的時候，可以用「……」；說話或是書寫有欲語還休的時候，可以用「……」，當然，說話書寫有講不清、斷斷續續的時候，也可以用「……」。所以，在文章中，讀到刪節號時，往往留下許多想像的空間。

另外，刪節號「……」和「等等」兩字意思與份量相同，也就是說，如果你使用了刪節號這個符號，就不要在後面再加上「等等」兩個字；如果你用了「等等」兩個字，就不需要再使用「……」這個符號。

10

「引號」可以分爲單引號「」及雙引號『』兩種。它使用的範圍及時機是：寫作時引用他人話語、有特別要指稱或強調的詞語，得以用之。引號分單引號及雙引號，通常先用單引號，如果有需要，單引號內再用雙引號，依此類推。一般引文的時候，句尾的符號要標在引號之內；不過，如果，你的引文是把它作全句結構中的一部分，那麼，在下引號之前，通常不加標點符號。

例如：

(1) **有句格言說：「學如逆水行舟，不進則退；心如平原走馬，易放難收。」**

(2) **孔子之道，其實是「忠恕」之道，也就是「盡己之心，推己及人」的意思。**

以上十類可以大略歸屬在內容類的標點符號，代表這些標點符號不只是形式上標示，還有影響文章內容意義的功能，熟稔這些符號，有助於文本閱讀、理解與分析。

標點符號，是書寫時用來表示間歇、停頓、轉折等等思考理路、語氣語調的符號，它是組成書面語言的一大重要部分。目前，也有學者專家，把現行十五種標點符號，分成以下三類：

(1) 文句尚未結束的標點符號：逗號、頓號、分號、冒號、間隔號、連接號、刪節號、破折號、專名號

(2) 前後包覆之標點符號：引號、夾注號、書名號（乙式）。

(3) 文句意義終止的標點符號：句號、問號、驚嘆號。

二、寫作關鍵在於駕馭好「句號」

「句號」的適當運用看似簡單，實則不然。它與個人邏輯思考的能力相關。良好的句號使用能夠體現寫作者在斷句、刪減及收束方面的明確性，這不僅是技巧的問題，更是對思維梳理的挑戰。

因此，標點符號的習得對於培養寫作技巧具有顯著效果。以張愛玲的〈紅玫瑰與白玫瑰〉一文為例，可以考察「句號」的應用如何巧妙地引導文意流轉和論述展開，從而影響敘事節奏與情節的推演。

> 振保的生命裡有兩個女人，他說一個是他的白玫瑰，一個是他的紅玫瑰。一個是聖潔的妻，一個是熱烈的情婦——普通人向來是這樣把節烈兩個字分開來講的。也許每一個男子全都有過這樣的兩個女人，至少兩個。娶了紅玫瑰，久而久之，紅的變了牆上的一抹蚊子血，白的還是「床前明月光」；娶了白玫瑰，白的便是衣服上

的一粒飯粘子，紅的卻是心口上的一顆朱砂痣。（張愛玲的〈紅玫瑰與白玫瑰〉）

在上面節選的〈紅玫瑰與白玫瑰〉小說中，我們觀察到作者一共使用了四個句號，形成總體段落。它意味著該段落包含四個語意自足的句子，這些句子相互銜接，共構了段落的文意脈絡。

爲深入理解句號的應用對於文意發展的影響，而文意發展及脈絡對於「創作」及「閱讀」兩端都有其意義。所以，在此嘗試將上述段落之內容以表格形式分析，以探討每一文句的內在意義如何鋪展，各句子背後所承載的訊息，並且，當這些句子連結時，總體上呈現張愛玲對愛情的觀點，更深刻地觸及了「人性」矛盾、掙扎與衝突。透過四個句子的有機銜接，作者逐層深化主旨，最終，加強了文意的進展。

此外，從段落的分析中可見「句號」的運用與文字數量多寡並無直接關係。例如，文中第三句使用了22字，而第四句則有64字，這說明了句號的運用關鍵在於意義表達的完成與完整，而非僅由字數多寡來決定句子的終止。因此，句號的正確運用應依賴於句子所載達的訊息，而非任意的由字數多少加以認定。

第一個句號	振保的生命裡有兩個女人，他說的一個是他的白玫瑰，一個是他的紅玫瑰。	此句**說明**了男主角佟振保生命裡，有兩個不同類型的女子。
第二個句號	一個是聖潔的妻，一個是熱烈的情婦——普通人向來是這樣把節烈兩個字分開來講的。	此處接續前一層次，更進一步**闡釋**「白玫瑰」與「紅玫瑰」的差異，它們分別代表妻子與情婦。這一個句號可以說是深化加強了前一個句號的內容。

第三個句號	第四個句號
也許每一個男子全都有過這樣的兩個女人，至少兩個。	娶了紅玫瑰，久而久之，紅的變了牆上的一抹蚊子血，白的還是「床前明月光」；娶了白玫瑰，白的便是衣服上沾的一粒飯黏子，紅的卻是心口上一顆硃砂痣。
第三層次，從個別的、單一的男主角振保身上，延伸至每個男人，可能或明或暗、或多或少都有這樣兩種類型的女人。從單一個體來到**總體泛論**。	第四個句號，可說是這一段落的精彩處。此處，作者分開**論述**男人們在無法同時腳踏雙條船（無法同時擁有白玫瑰與紅玫瑰）的狀態之下，一旦，娶了其中之一後，另外一個未娶者，便成了男人想望而未得的期待。

上述表格，是我們嘗試將張愛玲的小說原文，以「句號」爲單位區隔後，表列分析。從上述表格中，可清楚辨析，句和句之間的聯繫所構成之上下文意脈絡。劉勰在《文心雕龍・章句》：「**啟行之辭，逆萌中篇之意；絕筆之言，追媵前句之旨；故能外文綺交，內義脈注，跗萼相銜，首尾一體。**」[3] 此語是說每個句子有其意義，但是句群之間，彼此又隱含關聯以將意義連綴起來。

---

3 【南朝梁】劉勰著、周振甫注：《文心雕龍・章句》（臺北：里仁書局，1984年），頁647。

第四節：文章寫作的基本元素——語法、修辭及邏輯

文章能否讓人讀得懂，重點在語言文字的完整與否，關於「完整」的界定，簡單而言，可以透過三個向度來省察：邏輯、語法、修辭。此三個向度，也是寫作的三個重要面向。

一、語法

首先，「語法」，亦即「文法」（包含詞法（morphology）、句法（syntax）），是關於語言基礎單位在構詞、造句與組段等層面的結構規則。語言元素須遵循特定的邏輯序列與構造模式以形成，如：「美麗的心情」這一短語由形容詞「美麗的」與名詞「心情」結合而成。

「語法」一詞在學術界被廣泛使用，通常與「文法」具有相似的含義。然而，語法比文法包含更廣泛的領域，涉及詞彙、短語、句子等語言

元素。語法規則主要描述了詞彙變化的規律，以及如何正確運用詞彙來組成句子，進一步闡明了語言在邏輯意義、結構特徵和構成方式上的特點。

中文，作爲一種孤立語，其語法形式與變化並不像英語那樣具有明顯的時態變化（現在式、過去式、未來式），它主要依靠**虛詞和語序**（**word order**）來表達語法意義。在語言運用中，字和詞必需放置於句子中才能表達其含義，因此**句法**爲語言提供了一種**編碼**，讓使用者能透過句子中的詞語排序理解其含義。

語法在句子結構中發揮關鍵作用。簡而言之，中文句式可分爲單句和複句兩大類。單句依功能可分爲四種：敍事句、表態句、有無句和判斷句。複句則由兩個或兩個以上的單句通過特定的關聯組合而成。香港語言學專家鄧仕樑提出：「關於句子可以有這樣的認識：不論用何種術語，除了單詞所構成的句子（如：鳥飛），一般句子通常由**陳述的對象**（**主語**）和**陳述的內容**（**謂語**）組成。」如：「我很熱」句中的「我」是「主語」，

「很熱」是「謂語」，以陳述主語的狀態；又，「爸爸去上班了」中的「爸爸」是「主語」，「去上班了」則是陳述爸爸狀態的「謂語」。

至於複句，則是透過兩個或兩個以上的單句以構成，以下爲複句的不同組合形式：

1 聯合關係的複句：分句之間的地位不分主次。

(1) 表示**並列關係**的複句。單用：也、又、還、另外、同時、同樣。成對：也……也……。又……又……。不是……而是……。一面……一面……。

例：**虛心使人進步，驕傲使人落後。**

(2) 表示**選擇關係**的複句。寧願……也不……。與其……不如……。不是……就是……。

例：**奢則不遜，儉則固，與其不遜也，寧固。**

可以取，可以無取，取，傷廉；可以與，可以無與，與，傷惠；

可以死，可以無死，死，傷勇。

(3) 表示**連貫關係**的複句。首先……然後……。起初……後來……。就、便、才、於是、然後、後來、隨後、接著。

例：他們從地上爬起來，擦乾淨身上的血跡，掩埋好同伴的屍首，又繼續鬥。

(4) 表示**遞進關係**的複句。不但(不光、不只、不僅……)……而且)還、也、又、並且、更、反而、反倒……)。

例：他非但不承認自己的錯誤，還一味把責任推給別人。

(5) 表示**解說關係**的複句。

例：孟子以為：富貴不能淫，貧賤不能移，威武不能屈，此之謂大丈夫。

2 主從關係的複句：分句之間的地位有主有次，分句中有一句的意思是主要的，另一句是次要的。

(1) 表示**因果關係**的複句。因爲……所以……。既然……那麼……。因此、因而、以致。

例：因為大學期中考試日期將屆，所以圖書館裡滿滿都是人。

(2) 表示**轉折關係**的複句。雖然（儘管）……但是（可是、卻、而）……。儘管……還……。可是、但是、但、卻、不過……。

例：雖然我們無法任意加長生命的長度，但是可以擴充生命的廣度及挖掘生命的深度。

(3) 表示**條件關係**的複句。只要……就……。除非……才……。只有……才……。無論（任憑、不論）……都……。

例：只有吃得苦中苦，才可以成為人上人。

(4) 表示**目的關係**的複句。為了、以便、以免。

例：為了參加馬拉松比賽，杰倫三個月前便開始準備。

(5) 表示**假設關係**的複句。如果（如、倘若、要是、倘使、若是……）……就（那麼、那、便）……。

例：如果不付出努力，就無法讓夢想成真。

接著，我們嘗試把這些複句的類型拿來分析魯迅〈孔乙己〉裡的一段文字，以明瞭複句類型對文意理解的協助：

> 我從此便整天的站在櫃檯裡，專管我的職務。雖然沒有什麼失職，但總覺有些單調，有些無聊。掌櫃是一副凶臉孔，主顧也沒有好聲氣，教人活潑不得；只有孔乙己到店，才可以笑幾聲，所以至今還記得。

- 雖然沒有什麼失職，**但**總覺有些單調，有些無聊。**（轉折句式）**
- 掌櫃是一副凶臉孔，主顧**也**沒有好聲氣。**（並列句式）**
- 掌櫃是一副凶臉孔，主顧也沒有好聲氣，（因此）教人活潑不得。**（因果句式）**

◆ **只有**孔乙己到店，才可以笑幾聲。**（並列句式）**

◆ 只有孔乙己到店，才可以笑幾聲，**所以**至今還記得。**（因果句式）**

二、修辭

「修辭」，作爲篇章建構的向度之一，主要爲增強言辭或文句效果的**藝術手法**，其目的在於賦予文本的審美價值，並實現語言的形象化。修辭此一過程優化了語言在表達情感和意義的功能，促使文句形式趨於優美。在西方，「修辭」這一術語具有廣泛的內涵，包含口頭和書面表達以及其他相關的面向；而在臺灣，當人們談及修辭時，通常是指涉其在書面文字創作中的應用。

關於文章之美的感受往往主觀而多變，它受個人審美觀點和價值判斷的影響深遠。然而，即便文本之審美具有主觀性，但，文本的情感與審美仍存在著普遍的定向。這些基礎可能包括語言的流暢性、敘事的連貫性、以及能激起讀者情感共鳴的能力。此外，文學作品的結構、節奏、意象和語言等元素，也使得不同作品的風格殊異。因此，即使美的感知具高度的主觀性，我們仍可以在普遍的定向上，分析及評價文本。

我們試看以下兩段文字：

> 成熟是一種明亮而不刺眼的光輝，一種圓潤而不逆耳的音響，一種不再需要對別人察言觀色的從容，一種終於停止向周圍申訴求告的大氣，一種不理會哄鬧的微笑，一種洗刷了偏激的淡漠，一種無須聲張的厚實，一種並不陡峭的高度。（節自余秋雨《人間風景》）

我喜歡旅行。或者說，需要旅行。經常便會有坐立不安的情緒，覺得應該走了。不管是到哪裡去，總之拔腳離開這裡。而我很清楚問題只在「這裡」和「那裡」，是欲掙脫時空的企圖，是打破現實的渴望。而所謂現實，是物質和心靈無法超越的局限，彷彿天羅地網。這裡我談的不是時光旅行或永恆，而是一點叛逆的自由：做自己真正想做的事。（節自張讓《旅人的眼睛》）

余秋雨文字沉穩洗練，素樸有味；張讓文字有著口說的親切，娓娓道來，這兩種藝術風格各有其迷人之處，沒有高低優劣，純粹是審美情趣的差異。所以，書寫時，如果希望讓文字優美或深邃一點，不妨從以下幾點來進行：

（一）語言文字的趣味——「想一個人」到底是想還是不想？

文學語言之所以魅力獨特，部分在其隱晦不明、不確定性以及多重意義性。這些特質成爲文學的獨到之處。它們開啓了廣闊的想像領域，允許讀者根據個人的生活背景與閱歷賦予文本新的內涵，進而促進讀者與作者、文本之間的深層交流。舉例而言，「想一個人」這一表述的模糊性提供了雙重理解——既可解釋爲「想念一個人」（miss someone），也可理解爲「想要一個人獨處」(leave me alone)。這種語義的雙關特性爲中文特有的趣味性與歧義性提供了典型範例。另外，文學語言和日常語言的差異又是什麼？以下五個短句皆在描述「滿天星斗」，這些短句之中，哪些採用了文學性的表達？哪些遵循了日常用語的慣例？

- ◆「今天晚上很多星星」
- ◆「今晚星星堆滿天」
- ◆「今晚滿天繁星熠熠」
- ◆「今晚整個天幕，星羅棋布」
- ◆「今晚的夜空，星辰搶了月亮的光」

以上述文句爲例，皆在表述天上星星滿佈的狀態：「今天晚上很多星星」一句，屬於日常的「口說語言」（spoken language）；而「星星堆滿天」、「滿天繁星熠熠」、「整個天幕，星羅棋布」則傾向於「書面語言」（written language），一般而言，書面語言的文學性較強。文字書寫靠視覺傳達溝通，視覺需要審美，這也是修辭大量運用在文字書寫上的主因。

中文的歧義性（ambiguity）爲語言與文字交流增添了趣味性，但在追求明確溝通時，這些特性可能造成理解上的偏差。如，「我要炒肉絲」一語在不同語境下既可指做飯動作，亦可指就餐的願望。「歧義」形成文意上的趣味，有時，也會造成誤讀的狀況，爲減少歧義，可以透過以下方式檢驗：其一是通過延展上下文資訊來確認語境，增加具體描述以充實語義的明確性。二是運用恰當的標點符號來指明語句結構，從而引導正確的閱讀理解。結合此兩種方法，不僅能夠減少因歧義引起的誤解，且能夠在保持語言趣味的同時，提升溝通的準確度。

（二）讓文字「跳」出來——反常合道

爲使語言脫俗升華至文學和藝術的層次，重要的關鍵是「精煉、跳躍、超脫」。這種寫作方式，實質上是尋求逸出常規的表達模式，創造出新穎而獨到的效果。它要求寫作者在保持內容合理的基礎上，巧妙運用語言，以簡潔、活躍、脫俗的手法，展現出非凡的想像和創意。如此的文字，不僅跳脫了平常性，同時還能在讀者心中留下深刻印象，引發共鳴和思考。

試看下列範例文字：

> 夏日將盡，午後的陽光逐漸柔和，公園裡的蟬冷靜了，間歇的雨勢變得恍惚、不合時宜又難以捉摸，在這裡、那裡，像一段心

事輒轉於烏亮濡濕的街道。所有的窗子都有了更清楚的天空，近晚的時刻不再過份地喧鬧。人世的擔子輕了，鳥鳴不再激烈，不再承受夏日的沈重和巨大。（節自柯裕棻《甜美的剎那》）

本段文字中，形容詞的運用顯得巧妙，它們不僅賦予對象以形象化的特質，更增強了表達的生動性與深度。例如，以「冷靜的」形容蟬聲，蟬聲本該是喧嘩的，來到夏末逐漸安靜；逐漸無聲而作者卻以「冷靜」一詞（多用於形容人的情緒）來狀擬，而「恍惚的」、「不合時宜的、難以捉摸的」用來形容雨勢，給雨勢一種不確定與神秘之感。此外，以「激烈」形容鳥鳴，以「沉重的、巨大的」形容夏日，都與一般慣用的描繪方式不同，如此的創作手法，不拘泥於常規，卻能合乎邏輯和情境，引發讀者的共鳴與想像，如此便稱得上是一種「反常合道」的語言趣味。

又。公車捷運詩文上寫著：**打開房門，滿屋子的寂寞，大聲鼓掌。**

上述文字中，作者使用了一種矛盾手法來鋪陳「寂寞」。寂寞，如何大聲鼓掌？但正是因爲孤獨一人，孑然一身，打開房門時，迎接的不是熱鬧的種種人情與溫度，而是空盪盪的家，空蕩蕩的家，充斥著寂寞，待主人回家，「寂寞」竟然大聲鼓掌，歡迎主人回來。作者以一種反常的熱鬧來描寫寂寞，讓人眼睛一亮。這種表達不僅豐富了語言的層次，也加深了作者對於「寂寞」這一情感經驗的理解與感受。

當代社會中，上述的書寫技巧廣泛地運用於歌詞、廣告與行銷等不同領域，目的是爲了產生記憶點、吸引注意力、提高識別度。寫作時，透過將語言刻意「陌生化」以形成的審美與創意，讓人產生新鮮的感受，並重新檢視平常可能被忽略的感知經驗。我們可以參看以下的例子。

◆ 在有生的瞬間能遇到你，我竟花光所有的幸運。（陳奕迅《明日今日》）

◆ 有人就有江湖，有江湖就有是非。人是從江湖生出來的，你怎麼退出？（電影《笑傲江湖之東方不敗》）

◆ 命運偷走如果，只留下結果。時間偷走初衷，只留下苦衷。（五月天《星空》）

◆ 我困在有你的回憶裡，你困在我的愛裡，誰也無處可去。（魏如萱《困在》）

◆ 女孩的青春有限，青春的女孩無限。（我的美麗日記面膜）

◆ 把握人聲，才能享受人生。（京都念慈菴枇杷潤喉糖）

◆ 再見好好說，好好說再見。（龍巖股份有限公司生前契約）

◆ 我們家不愛花錢，除了為愛花。（全聯福利中心經濟美學）

◆ 大旅遊，不必大理由。（長榮航空巴黎直飛專案）

從前揭的歌詞或是廣告文字中可以觀察到，運用語言的音、形、義三者間的諧趣，也是增加文本趣味性和深度的常見手法。特別是在字詞的選擇和排列上，透過迴旋往復、對稱、雙關等技巧以達到修辭效果，有些文句是讓同一詞語重複出現；或將詞語顛倒序列以進行排列組合；又或者利用諧音雙關，如：「人生」與「人聲」、「旅遊」與「理由」讀音接近，這些手法不僅讓語言具文學性，也為詮釋開啓多重可能性，予讀者開闊的想像空間。

以「咫尺天涯」和「天涯咫尺」為例，這兩種語序呈現了同一詞語的相反排列，從而展現不同的意境和情感——前者是「咫尺如天涯」，後者是「天涯如咫尺」。「咫尺天涯」強調彼此之間實際距離很近，但是，心的距離可能遙遠。而「天涯咫尺」則說明了空間距離的遠，不過，心的距離仿若比肩，空間阻隔不了情感。這種語言運用不僅反映了漢語的獨特性，也體現了語言在表達深層情感時的精妙與豐富。

修辭被視為一種強化語言表達與美化文句的策略，其目的不僅是裝飾，更在於提升語言的表現力與精確性，以促進溝通的效率與藝術的傳達。社會脈絡裡，修辭往往被誤解為考試技巧之一，而非一種思考與表達的工具，這種誤解源於將修辭學習固定化、模組化之思維。實際上，修辭的學習應關注它對於提升語言表達品質的功能，不僅是追求形式的堆疊或記憶。

西方修辭學起源於口語表達的修飾，而後，延展至書寫領域，涵蓋了從詞語選擇到句式構造等各種技巧。當前的修辭教學可以多加注重修辭在實際語言運用中的活潑性和多樣性，讓學習者能夠真正理解並運用，以增進語言文字溝通之美感。

修辭的種類及分別，有諸多不同的見解與看法，其運用應基於內在的感受與思考，方能進行有效的意義傳遞，而非單純的詞藻堆砌、刻意造文。以下透過實際例子探討修辭的本質和影響，以體會修辭在提升書寫品質中的真實價值：

◆他的話語**溫暖**了我懊喪的情緒。（轉品）

「轉品」係指將詞語原來的詞性加以變化，如句子中的「溫暖」一詞本爲「形容詞」，此處做「動詞」用。

◆在**城市**旅行，看見的是人。在**鄉間**旅行，看見的是自己。（胡晴舫〈城市與鄉間〉）（排比、映襯）

「排比」是指前後兩個句子的結構型態一樣；並且，以「城市」和「鄉間」兩個相反的詞彙對照，則是「映襯」。

◆「美」，只在瞬間出現，有時候根本不容人靠近，**宛如**在雲霧裡汪洋上的孤絕之島，偶一現身之後，總讓人懷疑剛才是不是真的見過她。（席慕容〈泰姬瑪哈〉）（譬喻）

◆那段日子裡，每當我的思念**洶湧**得將要潰堤時，竟是書中許多句子和意象**安慰我**、**幫助我**平靜下來。（李黎〈星沉海底〉）（轉品、轉化）

將洶湧從形容詞轉品爲動詞，將句子和意象擬人化以安慰、幫助作者。

- 想念變成一條線／在時間裡面**蔓延**／長得可以把世界切成了兩個面（蔡健雅〈記念〉）（譬喻、轉化）
- 生命是一襲華美的袍，爬滿了蚤子（張愛玲〈天才夢〉）（譬喻）
- 思念縱橫囂張，傷痛崩解偽裝，繁花在時光中凋謝，在記憶中盛開。（林俊傑《時之繁花》）（排比）
- 這是最好的時代，也是最壞的時代，這是光明的時代，也是黑暗的時代。（《雙城記》）（映襯）

對於初學者而言，修辭的學習從生活化文本中起步最爲合適。流行音樂之於新詩，即爲一例，其歌詞中所蘊含的修辭技巧，不僅展現了語言的韻律美，也深藏着豐富的文化和情感意涵，這些手法濃縮生活經驗，讓抽象的情感通過文字讓讀者得以感知。寫作者可從流行歌詞中學習如何將日常語言提煉並轉化，從而在自己的寫作中達到文學性的效果。

以下是流行歌曲〈離人〉的歌詞：

銀色小船搖搖晃晃彎彎（「銀色小船」譬喻「月亮」）
懸在絨絨的天上（「絨絨的」形容夜晚天空一片黑絨絨的綿密感）
你的心事三三倆倆藍藍
停在我幽幽心上（心事如何「停」在心上，此處使用轉化修辭）
你說情到深處人怎能不孤獨
愛到濃時就牽腸掛肚
我的行李孤孤單單散散（轉化，擬實為虛）
惹惆悵（〈離人〉作詞者：厲曼婷）

以下這首則是歌曲〈葉子〉的歌詞：

翅膀　是落在天上的葉子（將翅膀譬喻成葉子）
天堂　原來應該不是妄想
只是我早已經遺忘　當初怎麼開始飛翔
孤單是一個人的狂歡　狂歡是一群人的孤單（此處前後兩句使用回文的修辭方式，產生哲學性的氛圍）
（〈葉子〉作詞者：陳曉娟）

歌曲〈葉子〉的文字簡單質樸，卻意涵深遠，「**孤單是一個人的狂歡，狂歡是一群人的孤單**」此句透過「孤單」與「狂歡」的結合，形塑看似對立、矛盾又互爲因果的關係。「**孤單是一個人的狂歡**」所說的是，一個人獨處看似孤獨，事實上不盡然是如此，它可能是自我跟自我對話與狂歡的時刻，如同張愛玲說：「**在沒有人與人交接的場合，我充滿了生命的歡悅。**」而「**狂歡是一群人的孤單**」則是說群體眾聲喧嘩的歡樂時刻，也有可能只是一群孤單的人彼此取暖，各自有著「心」的距離，看似熱鬧，實則寂寞。這種語言的使用，展現了修辭在傳遞複雜感情時的功用，同時也賦予簡單文字以深刻哲學意涵與情感層次。

新詩作爲一種文學形式，其特色是：濃縮的語言呈現深邃的意涵。它無需長篇大論即可達到強烈的表達效果。然而，新詩的隱喻豐富，意象多變，一般讀者有時難以進入。與此相比，流行音樂的歌詞於藝術性和訊息傳達上更爲直觀而平易。流行歌詞受到音樂節奏和旋律的制約，歌詞與音樂完美結合，營造出特有的藝術韻味。

不過，以新詩和流行歌詞比較，他們仍是有所差別。流行歌詞必須搭配音樂曲調，有主旋律、有副歌之別，因此，歌詞文字必然要遷就音樂加以調整。而新詩，雖然也具備搭配圖像、音樂的組合（如：圖像詩），不過，仍然以新詩的文字爲核心。新詩以精煉文言爲特色，在簡短的組合中，濃縮並乘載作者思想及情感，因此，新詩在文字精確上之需求，相較於一般散文而言，是更高的。以下從洛夫的藏頭詩爲例，探究詩人如何在文字錘鍊、意象串接及形式結構上之經營。

杯子輕晃
底下便有一條青蛇蠕蠕而動
不謂不毒
可也無意與人分享
飼一尾月亮在水中原是李白的主意
金光粼粼中
魚和詩人相濡以沫
與其懷疑杯子的不滿
爾不如到江邊去飲自己的倒影

同樣的醉態可有不同的心境
消除千般疑慮不能光靠黑格爾
萬一喝錯了
古人遺留下的鴆酒
愁，就不只是一江春水向東流了（洛夫〈杯底不可飼金魚與爾同消萬古愁〉）

洛夫這首作品是將臺灣知名歌謠〈杯底毋通飼金魚〉及李白著名詩作〈將進酒〉中的「與爾同消萬古愁」兩句，結合在一首藏頭詩中，詩作裡，每一行的首字連讀起來（反黑加深的字）正是題目——「**杯底不可飼金魚，與爾同消萬古愁**。」

「杯底不可飼金魚」一句出自呂泉生老師創作的閩南語知名歌謠〈杯底毋通飼金魚〉的歌詞，其意是：「朋友之間歡聚飲酒，務求盡興，要一飲而盡，不可以在杯中留有任何一滴殘酒來養魚啊！」這是一種及時行樂、活在當下的具體實踐。而李白在〈將進酒〉裡說：「**主人何為言少錢，徑須沽取對君酌。五花馬，千金裘，呼兒將出換美酒，與爾同銷萬古愁！**」流行歌詞與古典詩歌兩者所呈現的精神旨趣是相仿的，可見對於時空的流逝與生命的倏忽，人類對應之道，古今相同。

洛夫除了藏頭詩的設計之外，詩中亦見一些修辭的妙用，如：引用李後主「恰似一江春水向東流」、成語「相濡以沫」、及鴆酒、青蛇、黑格爾等熟悉的典故。洛夫在其創作論述中曾指出，藏頭詩的創作涉及從慣常語境中脫節，尋求新的語言形式，這一過程需要創作者跳脫傳統的思維模式，透過智性與創造力的融合來形塑獨特的詩句。這種創作過程凸顯了在某些結構性限制下自由發揮的可能性，並證明了創意不僅是言辭的自由流放，也在於如何於限制中尋找和創造新意。

詩人方群也以藏頭的手法做了一首名爲「同長青過三峽祖師廟」的詩：

同樣的話可以說很多遍
長年習慣絮叨卻不曾改變
青青河畔相思日夜蔓延
過去的落葉風乾成詩箋
三言兩語攪動一寸寸喘息空間
峽灣中輕舟翩翩，擺盪
祖先磐石雕琢的誓言
師道在風中向歷史盤點，映照
廟口瞽叟的低沉禱念

方群的詩作展現了語言藝術的精湛，藉由精心揀選的詞彙、細緻連接的意象及綿密的思維邏輯，揭示了詩歌的豐富情感與深邃思考。詩中「同樣的話」、「絮叨」、「三言兩語」、「誓言」、「禱念」這些詞彙都和「口說」、「話語」的意象有關，詩人將它們巧妙串聯。此外，詩中亦化用典故、巧設文案，如古詩「青青河畔草，綿綿思遠道」，具古典氛圍的語彙「磐石」、「師道」、「瞽叟」等，也讓詩歌的審美藝術更爲凸顯，詩人在傳承與創新間的精彩平衡，使詩歌耐人尋味。

日常寫作實踐中，採用「唱反調」的策略也能爲文本注入新的觀點與張力。透過這種策略，作者可挑戰讀者的預期，引發思考，這一過程不僅涉及語言表達的技巧，也涉及思維方式的轉換。透過先表述一個觀點，再以反面論述加以對照，作者創造了一種交流對話，或是辯證的空間，使讀者能從不同角度體驗並理解文本。如：「這部劇讓人**又悲又喜**，一面懼怕，卻不得不繼續觀看。」狄更生在《雙城記》中的名句也是此種技巧的展示：「那是**信任**的時代，也是**懷疑**的時代；那是**光明**的季節，也是**黑暗**的季節；那是**希望**之春，也是**絕望**之冬；我們**應有盡有**，我們**一無所有**……。」這個句子的書寫構思，正好可以給想要在寫作技巧或修辭上有所變化者，一個簡單的示範。信任和懷疑相對；希望之春和絕望之冬相對；應有盡有和一無所有相對，這些具有強烈對比性質的詞語放在一起，造成一種反差的張力，讓人眼睛一亮且難以忘記（就修辭而言，這是「映襯」的手法）。

三、邏輯

接著我們探討較爲複雜的「邏輯」。「邏輯」一詞的內容簡而言之就是關於「思考」的命題，「思考」聽起來很抽象，不過簡要的說法，就是合於「因果律」的思維方式，合乎一般常態常情的規律，便可稱爲合乎「邏輯」。通常善於思考者，並且能夠合於一般邏輯者，他說話與做事有條理，也傾向於理性思維模式。一般說來，合乎「邏輯」的重要特色是「合理」，甚麼是「合理」？如：「總統搭乘空軍一號的專機到外國去」，這個句子合理；但，「老師搭乘空軍一號的專機到外國去」便不甚合理。所以，可如此定義：「當一個論證在推理的形式下是錯誤者，便可以稱爲『不合邏輯』」。

對於邏輯的分類，學界提出了多種分類方式，以符合不同領域應用之需求。常見的分類包括「情感邏輯」與「語意邏輯」：前者更依賴個人感知、審美和文學表達，而後者則基於一套共同的語言認知，這包括了共享的語法和修辭原則，一般而言，語意邏輯與普遍認可的客觀事實保持一致性。

第二類別則爲「思維邏輯」及「語言邏輯」兩範疇。「思維邏輯」係指個人大腦意識與思想之運作模式；而「語言邏輯」和第一類中的「語意邏輯」相似，「語言邏輯」大略可就「語法」（亦稱「文法」），包含詞法、句法）及「修辭」兩個面向來看。

觀察以下兩個句子，它們呈現出語言邏輯的何種特色？

1 出社會之後，才發覺校園生活有著單純的美好。

2 進入社會之後，才發覺校園生活有著單純的美好。

以上兩句的指涉意義相同，皆是說人們進入社會（或職場）。然而，爲什麼一「進」（進入社會）一「出」（出社會），竟然在語意上是相同的？這其中的矛盾如何發生？主因在於「出社會」的用法源於閩南方言，而後者「進入社會」則爲一般中文用語，這一現象顯示方言與普通用語的同化與交融，也呈現了語言邏輯的特殊情形。

第三類別則從寫作方式來區辨，可以概分爲「形象邏輯」與「思維邏輯」。「形象邏輯」是指文本中具體可見的人、事、時、地、物等，以英文書寫而言，對應的是的那些「who、when、where」，及種種具象化的「what」。而「思維邏輯」於此處，則是指在文本中所呈現的抽象思考層次，簡單來說，就是你在文章中用來解釋爲什麼「why」，及說明如何操作、如何進行……等層面之內容，它傾向於「how」的概念，邏輯思考是一種自我反思的批判過程，對於知識建構有其助益。

（一）建構邏輯的策略——分辨「事實」與「觀點」

邏輯與批判思維的培養常常涉及對「事實」與「觀點」的區分能力訓練。所謂「事實」（fact）指的是具有客觀性、普遍性認知，並能夠通過證據驗證的陳述。而「觀點」（opinion）則通常反映個體的主觀見解或評價，它們是個人或群體基於特定立場所形成的看法。例如：

◆ 麵包通常是用麵粉做成的（事實）

◆麵包鬆軟可口很好吃（觀點）

麵包由麵粉製成，這一事實是廣泛的社會共識；然而，關於麵包是否鬆軟可口才是好吃則屬於主觀的評價，其接受度因個人偏好而異，如一些人可能偏愛法國麵包那種特有偏硬的質地。

能夠明確區分事實與觀點對於提升邏輯思維能力是基礎的一步。這種區分有助於辨別主觀性與客觀性之異。日常生活中邏輯的使用無處不在。所謂的「合乎邏輯」，即是指一種合理且不具矛盾性的思維方式。寫作時，邏輯的合理性往往依賴文本內容的上下文關聯性（context）來判斷，而在日常溝通中，語言表達的邏輯性雖然不如學術寫作那般複雜和嚴密，亦可以透過推理進行評估。

藉由下段文字，來看看違反邏輯的書寫樣態：

每個人對感情都有不一樣的看法，相處在一起的兩個也可能發展出不同的方法，卻不是每一段感情都能永遠存在，像是生離死別、吵架，或任何一件小事，都可能讓原本看似完美的一段戀情在一瞬間破滅，但消失的不過是對外的說法，表面的關係吧！

以下，針對上段文本進行邏輯性分析：

1 「每個人對感情都有不一樣的看法，相處在一起的兩個也可能發展出不同的方法」，這句話開啓了對情感觀點多樣性的討論，但是，未詳細闡述不同看法之後，文句便結束了，留下未明的空間。緊接著提出的觀點——「相處在一起的兩個也可能發展出不同的方法」——此句同樣未經具體例證或進一步解釋便截斷。這種句式結構導致了語意上的割裂性，讀者可能會對文意的聯繫感到困惑。

2 又如這一段文字，也是文意發散，前後銜接不上：「卻不是每一段感情都能永遠存在，像是生離死別、吵架，或任何一件小事，都可能讓原本看似完美的一段戀情在一瞬間破滅，但消失的不過是對外的說法，表面的關係吧！」

嘗試修改如下：

> 不是每一段感情都能恆常存在，很多感情會畫上休止符，造成的原因很多：像是生離、死別、吵架，甚或任何一件小事，都可能讓原本看似完美的戀情瞬間破滅。

（二）意象的集中與邏輯的連貫

在日常生活中，我們經常會聽到這樣的評論：某某言論或文章在邏輯上似乎不太通暢。如此說法通常意味著文章前後脈絡或邏輯思路缺乏連貫性。就論述性文章而言，可能存在著論點、論據、論證之間的銜接不明，甚至彼此矛盾的情況。至於文學作品，則可能因爲文中的意象不一致或思緒跳躍而導致讀者無法順暢閱讀。

「意象」指的是，將「抽象的概念」通過「具體的事物」表現出來，學術上說法是：「客觀物象經過創作者主體獨特的情感活動，進而創造出來的一種藝術形象。」寫作就是利用語言和文字將抽象的情感和想法具體化，或是將人物、事物描繪得栩栩如生。如龍應台所言，「文學是使看不見的東西被看見。」以蘇軾的詩作爲例〈六月二十七日望湖樓醉書．其一〉：「**黑雲翻墨未遮山，白雨跳珠亂入船。捲地風來忽吹散，望湖樓下水如天。**」[4]在這首詩中，東坡運用具象化的詞語如「黑雲翻墨」、「白

4 此詩見【宋】蘇軾：《東坡詩集註》卷6，全書共32卷，收錄於【清】紀昀等奉敕編纂：《景印文淵閣四庫全書》，集部48，別集類，（臺北：臺灣商務印書館，1985年）

雨跳珠」等來形容厚雲密佈，急雨奔肆，頃刻之間又雨過天青之景象。

簡單來說，意象的彼此聯繫，學術上被解釋爲文本中各元素（各個詞語）之間的相互映照與意義上的連續性。這種連續性不僅限於單個句子內部，且延伸至整體文本，形成一種內在的邏輯鏈接。

> 人與人之間，就好比那**點與線**，若有份關懷，點線就能連成**面**，長久地**圈**在一起。

前述句子中，「點」、「線」、「面」三個意象呈現出爲由微觀到宏觀的擴散過程，最終，透過運用動詞「圈」，將這一系列的意象巧妙地揉合，形象化地描繪了人際網絡如何編織成一個完整的圓形，這不僅象徵著連結與整合，也隱喻了某種社會關係或互動模式的和諧性。

接著，請閱讀以下兩段文字，它們又是如何地將「意象」串接在一起以呼應主題呢？

> 秋，悄悄委託**日月山川**，換裝、易容，粉墨登場。**陽光**的熱力收斂了些，不再以吸吮的大口濃烈地愛著。**風**的身姿，輕盈有致，不再霸氣，它斜斜地來，柔柔地吹、軟軟地晃盪著，悄悄地點了戀人的**唇**。街頭，男男女女的**臉部線條**是有韻的**漢隸**，不再寫著直挺拔出的**楷書**。於是，那兩道名為歲月的**法令紋**，牽著**嘴角**，一起蜿蜒出優雅的**弧度**。

上述文字有兩組意象群，一組是秋天時大自然景色的變化，包含陽光、風，都不如夏天時的濃烈。第二組則是秋天路上行人的表情變化。作者利用數個和書法直接或間接聯繫的詞彙，如：「漢隸」、「楷書」、「法令紋」、「嘴角弧度」等，勾連出意象群以串接行人臉部的表情。

愛情裡的虐心是「自尋哀愁」，並且嘗試讓哀愁成了「**痛**」。從頭開始，徹頭徹尾地「**痛**」。終於，有天，你決定了，消滅「**痛**」，它就開始結「**痂**」，逐漸癒合，逐漸褪色……而後成了「**疤**」，過不了多久，它是「**痕**」跡了。

此段中用「痛」、「痂」、「疤」、「痕」等四個「疒」部首的字，勾勒出一串傷痛的深淺之別，從哀慟逾恆到最後的雲淡風輕，以具關聯性的意象群表達情感的流變。接著，我們來看元曲第一家馬致遠著名的作品〈天淨沙．秋思〉，又是如何調度意象？

枯藤，老樹，昏鴉，
小橋，流水，人家，
古道，西風，瘦馬。
夕陽西下，斷腸人在天涯。

在這首詞作中，九個名詞（即此曲中的「意象」）——「**枯藤，老樹，昏鴉。小橋，流水，人家。古道，西風，瘦馬**」）它們共同釀造了關於秋天的物景。這些意象不僅描繪秋天的景色，並且，連綴起來，產生了哀傷、落魄、孤獨的審美氛圍。而所謂孤獨或哀悽的感受是如何產生的？實際上，正是作者透過「枯」藤（枯萎的）、「老」樹、「昏」鴉（黃昏的）等辭彙，創造出其語言風格。如果，我們嘗試將「枯藤，老樹，昏鴉」替換爲「綠藤、大樹、烏鴉」；將「古道，西風，瘦馬」替換爲「林道，春風，駿馬」，整首曲的主題意趣、審美氣氛和情感色彩將會發生本質性轉變。這也展現了文學作品中「意象群」一致的重要，且透過文本有機的脈絡性，其結構和敘事線索顯得更加完整清晰。

以下文章，我們可以更進一步檢視，段落裡的邏輯如何連貫，意象又如何集中？

中國歷史充滿了悲劇，但中國人怕看真正的悲劇，最終都有一個大團圓，以博得情緒的安慰，心理的滿足。唯有屈原不想大團圓，杜甫不想大團圓，曹雪芹不想大團圓，孔尚任不想大團圓，魯迅不想大團圓，白先勇不想大團圓。他們保存了廢墟，淨化了悲劇，於是也就出現了一種真正深沉的文學。

沒有悲劇就沒有悲壯，沒有悲壯就沒有崇高。雪峰是偉大的，因為滿坡掩埋著登山者的遺體；大海是偉大的，因為處處漂浮著船桿的殘骸；登月是偉大的，因為有挑戰者號的隕落；人生是偉大的，因為有白髮，有訣別，有無可奈何的失落。（余秋雨〈廢墟〉）

余秋雨於上述段落提出的邏輯乃基於一種觀點——即「悲劇」是人類生活和歷史中不可避免者。不過，正是悲劇給予人生壯麗的色彩，這種壯麗反過來孕育了所謂的「偉大」。不論是人類的成就、生命的價值，抑或情感的深度。「偉大」常源自於不完美和悲慘的經歷，作者爲了支持這一主張，引用了歷史上令人歌頌卻嘆惋的人物與作品，強調他們人生的結局即便不圓滿，也正是這些不圓滿的悲劇賦予了其人與其作永恆的印記和偉大的價值。這樣的論點（觀點）、論據（例證）、論證（講述的過程）之間緊密扣合，構建了一個邏輯緊湊、內容一致且互相呼應的論述體系。

閱讀以下短文，試分析其主旨爲何？

「成功學」討論的主題大多歸因與聚焦在「努力」上。事實上，「機遇」（時機、遇合）也是成功與否的重要因素之一。但是，為什麼成功者多數很少述及「機遇」在他的人生歷程中的角色？因為，如果他告訴你成功來自「機遇」，那就無法產生激勵的力量，也無法訴諸情感、召喚理性。所以，唯有告訴你「努力」，才能有跟隨者，他們的故事及歷程才有發展空間；並且，如果成功的因素壓縮成「機遇」時，只是讓人失落，讓人兩手一攤，甚至徒呼奈何！

於是，在「成功學」的大旗之下，前仆後繼的追隨者在類似嗎啡注射的驅策下，以永無止境、永不停歇的「努力」去追求成功。所以，「成功學」便成功地成了心靈雞湯，餵養你我，某種程度而言，我們社會似乎也需要集體意志的麻醉，才能前行。（楊曉菁）

參考答案 「成功學」，在當代社會中如同心靈雞湯，鼓舞著眾人心志。然而，「成功學」的範疇經常限於勉力一面，卻忽視了「機遇」的重要性。主張僅靠努力即可達成成功的觀點，可能會讓命運的不可抗力顯得無足輕重。若將成功的因素倡議來自「努力」，那麼倡議者和追隨者之間的對話便能持續，聚焦於努力的方法與途徑。

從前面的分析，我們可以看到，感性文章的特點雖然以敘事與描寫爲主，重視情感經驗的喚起和共鳴，但這並不意味著它們不能經受知性與科學的審視。文學作品通過意象的前後展開和互相連結，形成有機的「意象群」，這對作品的結構組織有其意義性。一旦意象群形成，文章的脈絡通常也隨之建構。

相對於感性的文學作品，知性文章則側重於抽象思維的運用，討論如何提出觀點、選取證據及材料，以及如何構建觀點與證據之間的關聯性。這類文章著重邏輯的連續及脈絡的銜接，並通常依賴說明與議論的寫作手法以凸顯論點。

總合而言，不論是感性或是知性的文本，它們都追求內在脈絡意義的一致性和組織結構的有機性。一名寫作者，捕捉並駕馭變動不居的思維流動，才能體現精湛的寫作能力。

第四章

分析與對照：中西方寫作相對論

第一節：認識「敘事」、「描寫」、「說明」、「議論」之手法

在當代的文學體例中，我們常聽到「論說文」、「記敘文」與「抒情文」等術語。舉例來說，朱自清的經典之作〈背影〉，依照不同的詮釋觀點，有被歸類爲「抒情文」或「記敘文」，甚或「記敘兼抒情」。分析許多文學作品，我們得以發現「觸景生情」、「睹物思人」、「藉物詠懷」……是創作的路徑。所以透過記敘人、事、物以表情達意，是書寫的策略及手法，因此，從寬泛的定義而言，許多文章都該屬於「記敘兼抒情」，畢竟，單一寫作手法是無法完成一部作品。

爲了在寫作及閱讀學習中提供清晰、系統化的策略，參考國內外相關研究，嘗試將寫作方法分爲四大類：「敘事」、「描寫」、「說明」及「議論」。其中，「敘事」和「描寫」衍生自「記敘」類型，而「說明」和「議論」則源自於「論說」類型。值得注意的是，此分類方式與西方的寫作分

類有著類似的理念和方法論。先將四種寫作手法整理如表格所示：

寫作手法類別	簡要屬性概說
敘事（Narration）	時間的、動態的
描寫（Description）	空間的、靜態的
說明（Exposition）	客觀的、顯現的
議論（Argumentation）	主觀的、說服的

眾多讀者可能對於爲何未將「抒情文」列爲一個獨立的文類感到困惑。我們可以深入思考一下，提及「記敘文」時，大多數人可能會有一個模糊卻一致的理解：「記敘文」通常包含了人物、事物、事件、地點、時間和過程等元素。而「論說文」，則需提出個人觀點卽「論點」，或是提

供支持論點的證據即「論據」。然而，當談及「抒情」時，雖然我們能感受到作品傳達的情感，無論是喜悅或悲傷，但是，我們往往難以具體說明「抒情」的寫作手法是什麼？例如，若提出透過「書寫個人的失敗經歷」來表達「哀傷」之情感，這樣的寫作行爲應被視爲「記敘」。

實際上，所有書寫的終極目的皆在於表達感情或意念。情感可能傾向柔和，情志則可能傾向明確而理性，但它們都源於個體的內心所思、所想及所感。由此推論，**「抒情」不該被定義爲一種「寫作手法」，而應視作一種「寫作目的」**。

以下，分別定義及解釋這四種寫作手法的內容及特色：

一、敘事（Narration）

「敘事」主要強調的是：在線性的時間中，人物、事物的推展及變化歷程。「敍事」以呈現事物的動作、變化爲主。「敍事」是時間的、動態的。

以下的句子是「敍事」手法的示範：

1 「壬戌之秋，七月既望，蘇子與客泛舟遊於赤壁之下。」（蘇軾〈赤壁賦〉）

這是屬於交代人、事、時、地、物等訊息的敍事技巧。

2 「晉太原中，武陵人，捕魚為業，緣溪行，忘路之遠近。」（陶淵明〈桃花源記〉）

這是以交代人物、事件推展的進程、動作及變化爲主的敍事手法。

3 「華安上小學第一天，我和他手牽著手，穿過好幾條街，到維多利亞小學。」（龍應台〈目送〉）

作者以敍述的方式交代了他的兒子上小學的第一天，母子倆「走路到校」這個時間動態裡的一些歷程。

二、描寫（Description）

「描寫」是在 Describe a person, or a place, or a thing。「描寫」通常指的是對人物、地點或事物的細緻表達。其目的在於呈現所觀察對象的狀態、特性與功能。作爲一種文學手法，「描寫」被視爲一種空間性與靜態性的表達方式。它基於人類五官的感知——視覺、聽覺、觸覺、嗅覺及味覺，將直接經驗轉化爲文字。視覺描述涵蓋所見之物的形態與顏色；聽覺描述則關乎聲音的強度與音質；觸覺描述可能涉及接觸時的溫度、重量及質感；嗅覺描述則爲氣味的多樣性；而味覺描述則將食物的口感與味道表達清楚。這些通過各種感官直接體驗所得的描述，若能夠被準確地表達或書寫出來，即展現出色的「描寫」能力。

我們來看兩段「描寫」的文字：

> 景色不斷地流洩於眼前，卻沒有快速變換所帶來的暈眩感。這

裡的景色可以說是單調的：陰鬱優雅的藍灰色海岸、厚重雲層交疊的灰色天空，再者就是路旁矗然聳立的土灰岩壁，加上幾點頑強的海藻、綠樹叢點綴其間。這樣大區域的純粹色塊，讓往來於公路的旅客，打從心底讚嘆自然的雄偉壯麗。

木棉花大得駭人，是一種耀眼的橘紅色，開的時候連一片葉子的襯托都不要，像一碗紅麴酒，斟在粗陶碗裏，火烈烈地，有一種不講理的的架勢，卻很美。

樹枝也許是乾得狠了，根根都麻縐著，像一隻曲張的手——肱是乾的，臂是乾的，連手肘、手腕、手指頭和手指甲都是乾的——向天空討求著什麼，撕抓些什麼，而乾到極點時，樹枝爆開了，木

> 棉花幾乎就像是從乾裂的傷口裏吐出來的火焰。（張曉風〈木棉花〉）

接著，我們來看看「敍事」和「描寫」的不同之處，以金庸的小說《倚天屠龍記》爲例，兩段同樣描述張翠山和殷素素的相遇過程，分別呈現了「敍事」及「描寫」的寫作手法。

◆ **敍事**：有一天，張翠山和殷素素偶遇，試探武藝之時，被滿滿的人群打斷了。

◆ **描寫**：張翠山初遇殷素素，有心試探對方武藝（敍事），於是一指點出，霎時風雲變色，天地無光（描寫）。

透過上述比較可知，「記敍文」一詞經常被廣泛使用，但，它實際上涵蓋「敍事」與「描寫」兩種不同的手法。在文學理論和實踐中，這兩種手法經常交織使用，共同構建起一段文字或整篇文章。

書寫句子時，將「敘事」和「描寫」分割比較容易，但是，撰寫一段較長的文本或完整的文章時，敘事與描寫這兩種方法經常相互穿插，彼此融合。敘事提供故事的骨架，而描寫則塡充故事的血肉，豐富其細節與情感色彩。這種結合能夠有效地增強敘述的深度與豐富性，使故事更加生動和引人入勝。在下面的例子中，我們可以看到「敘事」與「描寫」如何相互融合。

> 那是一片極為刺眼的白，陽光藉著滿地白雪的反射，硬生生地闖進眼裡。原先因著玩性，我在大雪裡奔跑、嬉戲，而後驚覺，那乾冷幾近沒有溼度的空氣，在暴露的手、臉頰、嘴唇上扒開一道道裂痕，痛感隨著陣陣的風愈顯強烈。肅殺的北風硬是灌進鼻腔，凍結氣管、肺泡，乃至全身那屬於亞熱帶的血液。於是，我真正明白，北國的冬天是多麼的不友善。

探討上述文字時，我們對其構成元素進行細緻的拆解與分析。就某些段落而言，它們可能在主體上表現爲「描寫」，同時卻夾帶著「敍事」的色彩。例如：「於是，我真正明白，北國的冬天是多麼的不友善」以及「那是一片極為刺眼的白」屬於敍事的範疇。然而，整體來看，該段落以「描寫」爲主體，通過細膩的語言呈現了作者對嚴寒的直觀感受。

前揭論述體現出，將文章嚴格分類爲「記敍文」、「抒情文」、「論說文」等傳統文體類型，存在著一定的困難與不適切，原因在於一個文本若要展現其完整性與豐富性，必然要整合多種寫作手法。

三、說明（Exposition）

「說明」作爲一種寫作手法，其核心是用來揭露並傳遞訊息供大眾知曉的，像是：解說事物、闡明事理、表達意念等等，它通常具有知識性、客觀性、說明性的傾向。因此，若以寫作手法來看，「說明手法」傾向呈現關於「如何」（how）這一類問題的答案。簡而言之，針對事理的來龍去脈或事物的特徵、形狀、結構……進行闡述，藉此以達到傳播知識或訊息的目的便是「說明手法」。這類文本在生活實際層面的應用寫作上常常可見：學術性的論文、各類趨勢圖表、操作指南、導引手冊等等。

此外，於具體應用中，如：操作機械、進行實驗流程、或用藥指引等，說明性文字扮演關鍵角色。又如：颱風季節即將來臨，氣象領域專家通過媒體爲大衆解釋颱風形成的科學原理，其解說需秉持客觀與科學性，避免附加主觀感受或誇張描述，以確保大衆正確的理解，這些都是「說明」的書寫型態。

在日常生活與專業領域中，說明性的寫作能力極爲重要。它不僅是邏輯與理性思維的表現，也是科學、數學、醫學、經濟學等領域溝通的基礎，這些領域強調的是事實和證據的準確性，不容誤差。我們來看一段「說明」手法的文字：何謂「物理變化」與「化學變化」。

- **物理變化：**物質發生變化時，只有「狀態」發生改變，其「本質」仍不變。如：鉛筆寫字、粉筆折斷、衣服水洗後褪色……。
- **化學變化：**物質發生變化時，產生與原來物質不同的新物質。如：光合作用、生米煮成熟飯、牛奶變酸……。

四、議論（Argumentation）

「議論」作爲一種寫作方式，其核心在於闡發和傳遞作者自身的觀點與立場。這種方法通過針對性地評議和討論特定主題，展現其見解與看法，並帶有「說服」讀者的隱含目的。一般而言，「議論」過程中，通常由三大部分構成：論點（文章的核心主張）、論據（支持核心主張的例證）、論證（將論點與論據進行有邏輯的整合和闡述之過程）。此類文本在表達上追求精確、明晰、清楚的特質，減少情感色彩的詞彙和口語化的用字，以避免無謂的延伸和贅述，從而清楚地傳達訊息並說服讀者。

「議論」的論點來源，主要有四種：

1 作者對某一話題（topic）提出新看法並加以闡釋，以說服舊有看法之人。

2 對於某待解決問題（problem），提出見解，多屬於建議性質，論述較為平和。

3 對於疑難問題（question）的發現，這部分以科學領域的研究較多。

4 對於一個具爭議、矛盾問題（issue）選擇立場、表態立場或捍衛立場[5]。

5 葉黎明：《寫作教學內容新論》（上海：上海教育出版社，2012年），頁290。

下面這段話是作者對於「鐵比木材重？」這件事提出自己的見解與看法。

> 我們常說：「鐵比木材重」，這句話是正確的嗎？就科學上的定義而言，這句話是不完全的，因為，我們很容易找到一塊比鐵重的木材，例如：木製桌子比鐵製迴紋針還重。所以，這句話如果改成「相同體積的鐵比木材重」，就沒有錯了。

實際上，「議論」的概念涉及表達對議題的見解與態度，其中，可能涵蓋了對某一觀點的贊同或反對，對特定政策的支持或反對。以電視政論節目爲例，評論員提出的各式見解和立場體現了議論的實踐。當這些評論員爲了支持自己的觀點而進行辯護時，便進入了辯論的過程。辯論通常要求更深入的論證技巧和邏輯推理能力，目的是在不同見解的交駁過程中，證明自己的觀點是經得起考驗的。我們再看一段「議論」文字：

> 行動電話的革命性在於，它不強調通訊方式的躍進，而強化個人的自由、獨立性，讓人與人的對話不再侷限於點對點的連結，而可以是空間中的任意變換。自此，人們扯去了有線電話的束縛，開始移動。矛盾的是，手機的存在帶來更高的自由性、自主力，卻同時象徵權力控制的可能強化。（議論手機的便利性，也提出人類反而成了「手機奴」的奇怪現象）

其實，「議論」是時常運用的能力，小從柴米油鹽的微小瑣事，大至家國社會的宏觀視野，凡是針對任何議題提出自己的看法及意見都是一種「議論」。我們來看看一篇對於魯迅、張愛玲、黃春明三位小說家作品的評論，分析一下它是如何透過「議論」來完成。

張愛玲的小說結尾，常常予人一種平常世態中，依舊生息俯仰的況味，沒有激情，也沒有熱烈，就像河水兀自流動著，淺淺淡淡、輕輕悄悄！像張愛玲自己所說的她的小說是一種參差的對照，而非強烈的對照。

而魯迅小說則是揭露人性，從而使人面對人性。其中的人性往往是幽微、闃黑、猥瑣的，是一個人最真實卻不敢面對的劣根性。魯迅揭傷疤、曝傷口，但是他不要自舔自癒，於是，他的小說結尾是烏雲的、不透光的、是驚嚇後直直飛去的烏鴉，留下啞啞聲響。魯迅不討好脆弱的人性，他要讀者自己面對懦弱的人性。所以魯迅小說的最後姿勢從不華麗，而是「踉蹌」！

黃春明的小說為小人物發聲，小人物的生命常常不是握在自己的手裡，而是兜在時局的作弄裡。因此，「幸福快樂的日子」從來不是小人物的最後道路，小人物的生命注定是坑坑巴巴、跌跌撞撞，「破碎」往往是庶民生活的唯一語言。黃春明在他小說的最後姿態都是「含著淚咬著牙，然後，牽牽嘴角笑了一聲。」是笑中帶淚？還是淚中有笑？已經難以分辨！因為，灰色與模糊向來是人生中最常見的色塊！（楊曉菁）

寫作技巧的掌握呈現出階梯式發展過程。初始，可以從「敍事」與「描寫」開始，訓練個體從具體經驗出發，培養觀察能力和表達所見、所聞、所感的基本技巧。這一層面的寫作，偏重於生動具體，有助於作者與讀者之間建立起情感與經驗的共鳴。

進階階段則包含「說明」與「議論」能力，這需要較爲深厚的知識基礎和認知處理能力。此兩種技巧要求作者具備較強的邏輯推理能力，能夠分析、評估及建構關於特定概念或問題的深入見解。並且，進行說明與議論時，作者需學習如何明確地陳述論點、搜集並整合證據，以及組織有說服力的論證。

寫作能力的培養與個體的認知發展歷程密切相關，這不僅涉及知識積累，還包括認知結構和理解能力的成熟度。此外，不同階段的寫作技巧訓練也體現了現場所對應之教學策略當如何調整。

第二節：寫作手法的交融與活用

接續前一節對於四種寫作手法的內涵、定義及示例之後，以下嘗試以表格，協助理解。

寫作手法	思維取向	6W 思考法
敘事與描寫 （合稱記敘）	1 形象思維（指外在形象具體可見的，如：人、事、時、地、物等等） 2 **主觀**的感知	who/when/where 構成了更多 what 的素材（materials）。 也就是透過具體的人、事、時、地、物等來形成寫作材料。

說明與議論（合稱論說）	1 邏輯思維（是將抽象邏輯思維，透過論點、論據、論證來具體化） 2 **客觀**的資訊	what/why/how 它所處理的是關於：**什麼樣**、**爲什麼**、**如何做**等等議題。

以下是一篇融合多種寫作手法的文章——豐子愷的〈阿難〉。豐子愷面對他那成形又不成形的一塊肉（早產兒），其內心之哀痛，如何透過不同寫作手法的交織，而令讀者爲之動容。

> 往年我妻曾經遭逢小產的苦難。在半夜裏，六寸長的小孩辭了母體而默默地出世了（**敘事**）。醫生把他裹在紗布裏，托出來給我看，說著：「很端正的一個男孩！指爪都已完全了，可惜來得早了一點！」我正在驚奇地從醫生手裏窺看的時候，這塊肉忽

然動起來，胸部一跳，四肢同時一撐，宛如垂死的青蛙的掙扎（**描寫**）。我與醫生大家吃驚，屏息守視了良久，這塊肉不再跳動，後來漸漸發冷了。（**敘事**）

唉！這不是一塊肉，這是一個生靈，一個人。他是我的一個兒子（**敘事**），我要給他取名字：因為在前有阿寶、阿先、阿瞻、又他母親為他而受難，故名曰「阿難」（**敘事**）。阿難的屍體給醫生拿去裝在防腐劑的玻璃瓶中；阿難的一跳印在我的心頭。（**敘事**）

阿難！一跳是你的一生！你的一生何其草草？你的壽命何其短促？我與你的父子的情緣何其淺薄呢？（**議論**）（豐子愷〈阿難〉）

第三節：中英文寫作手法的對比與借鑑

進行中英文表述手法的對比研究時，可以發現中文表達往往慣於使用人稱代詞作爲句子的開端，這反映了中文語境中對人際關係和主體性的強調。而英文則更傾向於直接進入主題，將核心事件或問題直接置於句首。這種偏好不僅揭示了彼此語言結構的差異，也體現了不同文化對訊息組織與傳遞方式的取向。請看以下例子：

- **What** time is it?（問時間）
- **When** will your father be back?（問時間）
- **Where** do your family have a trip on the weekend?（問地點）
- **How** are you doing?（問如何）
- **Which** color do you like most?（問哪一個）
- **What** did you learn in your classes today?（問什麼）

- **School bullying** is a serious problem in high schools.（以事件「校園霸凌」開頭）
- **The Chinese Dragon Boat Festival** is a significant holiday celebrated in China, and the one with the longest history.（以端午節開頭）
- **The victory** will belong to you.（以事件「勝利」開頭）

自上述例子中可知英文在構建直述句、疑問句、否定句等句型時，其句首的詞彙如：What、When ……（疑問句首）或直述句的主詞，如：the victory, school bullying ……，是採直接而清楚的方式讓讀者知道句子的指涉及意義。作爲英文語法結構的特性之一——句首詞彙明確指示句子的主要訊息，使訊息傳遞具備明確性及直接性。

相對而言，中文的語法結構與用詞習慣在某種程度上表現出了與英文迥異的溝通型態。在中文的句型構造中，人稱代詞（如：你、我、他）常被置於句首，這種偏好可能源自於華人文化中對於人際關係和主體性的強調。如此的用法使得交流雙方或閱讀者的注意力容易分散，尤其當大腦的處理模式傾向於對前文進行較爲集中的關注時，後續的語言文字有時容易輕忽，造成答非所問，或溝通不完整的狀態。此外，中文的疑問詞經常放置在句尾，假若閱讀時沒有讀到句尾，便可能導致誤解的情形發生。同時，中文表達傳意時的委婉與禮貌傳統，也可能造成表意上的訊息落差。

- **你**最喜歡什麼顏色？（what）
- **現在**幾點鐘？（when）
- **你**的父親何時會回來？（when）
- **你們**家這周末打算去哪裡旅行？（where）
- **你**最近好嗎？（how）
- **你**可以幫我倒一杯水嗎？
- **弟弟**為什麼還沒有回家？（why）
- **我**會幫你帶晚餐回家。（直述句）

◆ **你**今天在課堂上學到什麼？（what）

◆ **我**不要再吃泡麵了。（否定句）

表達或溝通時，人們通常最能夠記得開頭所講的話，當所說的句子太長、所寫的文字太多，便容易產生愈到句末，愈顯得不知所云的情況，甚至忘記要表達的主旨，所以，初學寫作者可以從「簡單而完整」地表達入手，能夠清楚傳遞，比起引經據典、藻飾用典來得有意義。

由於中文裡的直述句或是疑問句習慣以人稱爲開頭，所以在問題辨識上容易含混模糊，因此建議在進行「說明」與「議論」兩種書寫手法時，應當學習以事件、事物爲核心、爲主題來表述。如：前述英文例句“School bullying is an important problem in high schools.” 是說校園霸凌是中學校園裡重要的問題，直接以「霸凌」一詞爲主語，這樣的開頭方式會讓溝通雙方容易聚焦，直指核心，不易離題。

第五章

建構與延展：構詞、造句、組段與謀篇

第一節：文字上開出花來——詞彙的樣態

一、善用中文詞彙的多與變

在中文表達的脈絡中，「形容詞」扮演著一個方便而常用的角色。它們如同刷子一般在語言的畫布上迅速塗抹，提供一個大致的情感色彩。常見的「很好」便是典型例子，如：今天天氣「很好」、這碗麵「很好」吃、最近過得「很好」……。「很好」在不同的情境下廣泛使用，卻因過於普遍，缺乏精確度，所以，當需要表達具體情境時容易顯得語意模糊。例如，「天氣很好」，這個「好」可能指涉多種不同的天氣狀態，是指晴朗？溫暖？涼爽？故可知常用「形容詞」來表述自己所思、所感、所聞、所觸……，容易形成表象式的、淺碟式的、浮光掠影式的思考，無法深入地直指核心，及具象表意。

同樣地，評審在歌唱選秀節目中對於演唱者的表現僅以「很好聽」等抽象詞彙評價時，可能會讓觀眾感到這樣的評價缺乏深度和獨特性。所以，一旦形容詞被過度且籠統地使用，它們的描述力便顯得疲弱，缺乏說服力。爲了克服這一點，我們需要進一步細化語言，提升表達的精確性和生動性。舉例而言，描述歌聲時，應當選用能夠具體顯示音質特徵的詞彙，如：「絲綢般順滑的高音」或「深沉有力的低音」等，這些描述能夠讓聽者（讀者）在腦海中形成一個清晰的圖像，以達到明確的認知與訊息交換。

在廣告領域，普遍認爲有效的行銷策略在於透過具號召性的「故事」爲產品賦予生命，以喚起目標受衆的情感共鳴。導演吳念眞曾指出，臺灣社會大體上缺乏嫻熟的說故事能力。說故事的能力，如何開始？**從思考開始，從突破平常開始**，開拓新的表達途徑。

語言的運用上，人們常受到既有語彙習慣的限制，這在寫作過程中尤為常見，心有所感，腦有所思，卻苦於沒有詞彙來具體呈現。因此，儲備詞彙對於寫作能力的提升有其必要性。如，在描述天氣晴朗時，常見的形容詞「蔚藍的天空」可以有多樣化的表達，如：「朗朗的晴空」或「藍的凜然無畏的天幕」等，這樣的變化可從形容詞的創新和延伸來實踐。所以，我們嘗試從常用的形容詞著手，進行擴展和深化聯想，以達到更為豐富和立體的語言表達型態。如：

- 稚氣的笑容
- 她有著稚氣的笑容
- 她的臉有著純真而稚氣的笑容
- 她一身超齡的穿著，但，臉上卻有著純真而稚氣的笑容

除了輻射式的聯想外，亦可嘗試將形容詞層層堆疊，從簡單到豐厚，從表面到深入，如：「印象中，那個人的存在**是神秘的，且令人感到恐懼的。**」這樣的詞彙遞進不僅鋪陳了描繪對象的距離感，更增加了情感色彩

和心理層面的感受。試比較以下幾個形容詞之間的差異。

- 無聲的教室
- 靜悄悄的教室
- 闃無人聲的教室
- 空盪盪只有塵埃飄過的教室

以上的詞組，都用形容詞以描摹教室此特定空間的樣態，詞彙有長有短，您讀起來的感受如何？除了形容詞之外，在中文的世界裡中，**「動詞」**的妙用也是一個可以讓文字鮮活的秘訣，如：**「那些考卷成群結隊地向我走來」**，**「走」**這個字不是考卷這個名詞所習用的動詞，此處這樣使用，活靈活現地把人被考卷碾壓堆積的狀況具體描摹。知名樂團蘇打綠的歌曲〈小情歌〉：**「就算大雨讓這座城市顛倒」**、**「就算整個世界被寂寞綁票」**，歌詞中的**「顛倒」**、**「綁票」**等動詞的用法，也是跳脫一般使用的常態，我們不會覺得下雨足以讓城市顛倒，也不會認爲綁票一詞會給寂寞來使用，但是這樣一寫，反而具備畫面感。

這些顛覆常態的動詞使用，使文句靈活起來，更具動感。如此的情形便是符合之前所提及讓文字跳出來的方式之一：**「反常合道」**（違反常態又合於道理）。周杰倫〈東風破〉歌詞：**「荒煙蔓草的年頭……，就連分手都很沉默」**，以「沉默」形容分手也是一種反常，但，它是屬於讓人會心一笑的反常。

另一種提升寫作能力有效的方法是擴充同義詞詞庫，以豐富語言表達。通過建立類似於同義詞庫的資源，寫作者可以在撰寫過程中精準選擇合適的詞彙，從而增進文本的豐富性和閱讀的趣味性。如以下範例中各個詞彙的替代，想想看還有沒有其他的可能呢？

- 嘲笑：取笑、訕笑、譏諷
- 思念：想念、惦念、掛念
- 思索：思忖、忖度、思量

◆天空：蒼穹、天幕、穹廬、碧落

◆沉浮：泅泳、陷溺、載浮載沉

◆限制：桎梏、牢籠、囹圄、枷鎖、禁錮、監牢

◆輕視：蔑視、鄙視、輕忽、瞧不起、小覷

◆耽溺：沉湎、沉醉、醉心、縱情、沉浸

◆光陰似箭，歲月如梭：時光荏苒、歲月更迭、春秋代序、時光遞嬗

詞彙累積能夠提升思維的深度與廣度，增進創意的產生。模仿，作爲學習與創新的初始階段，不等同於抄襲，實際上是爲創新思考奠定基礎。創新是站在巨人肩膀上的創作，在他人作品的深度解讀與再現過程中，可以學習到不同的表達方式與思維模式，進而逐步建構出個人的創作風格。

如：余秋雨在《文化苦旅．江南小鎮》中的開頭名句：「**堂皇轉眼凋零，喧騰是短命的別名**」，我們可以進行抽換，「**紅顏轉眼蒼髮，美麗是衰頹的前身**」、「**青春轉眼消逝，白髮是榮耀的冠冕**」、「**夏天轉眼隱身，**

落葉是秋天的訊息」、「**緘默轉眼崩解，矜持是脆弱的抵抗**」，這些經過原典的激盪而創新出的句子，具有改頭換面的新姿態。

寫作的靈感是一種藝術創作的神秘火花，它可以源自日常生活的點滴、自然環境的觀察、或是對過往經驗的反思。創意（creativity）—作爲創作的源頭，雖然神秘且難以捉摸，但它是藝術創作的核心；而創新（innovation）則是在既有的基礎上開展進一步的發想與延伸。因此，對於剛入門的寫作者而言，可以嘗試在理解前人作品的基礎上，加入自己的見解，進行創新的練習。以下是一些得獎作品及仿作的試驗：

◆ 捷運詩文得獎作品：**打開房門，滿屋子的寂寞，大聲鼓掌**。

1 打開房門，滿屋子的歡樂，瞬間凍結。

2 打開房門，滿屋子的孤寂，撲面而來。

◆ 媒體短訊徵文：**青春，只能揮灑，不能揮霍**。

1 青春，只能高歌，不能低吟。

2 青春，只能無畏，不能無知。

3 青春，只能浪漫，不能浪費。

◆文案金句：**灑脫不是自我放棄的表現，而是保衛失落的防線。**

1 灑脫不是屠夫有勇無謀的粗勇，而是文人正義凜然的豁達。

2 灑脫不是甩甩頭髮揚長而去的背影，而是直面坦然地揮手道別。

◆書籍名句：**燈光是城市的植被。它們在城市的上空聚斂和發散，播種著光的果實。**（王安憶《尋找上海》）

大樹是城市之肺。每日盡力地進行吐納的運動，無怨地供給新鮮給人們吸吮。

二、注入迴旋往復的文字趣味

漢字——獨體、單音、多義，屬於圖畫型的表意文字。漢字除了作為文本的基礎元素之外，它也具備視覺審美效果，這一特點在中國書法與繪畫藝術中表現得淋漓盡致。另外，常見的回文詩與圖像詩也是利用漢字的表意兼圖像的特性，通過迴旋、重疊、對稱等手法，創造出既視覺又智性的詩句。在現代流行歌詞創作中，中文漢字的特色也展露無遺，以下是歌詞創作中利用中文迴旋往復的特色之範例：

◆ **離開**一個人並不**可惜**，**可惜**的是，你為了一個人**離開**了世界。

◆ **孤單**是一個人的**狂歡**，**狂歡**是一群人的**孤單**。（流行歌詞〈葉子〉）

◆ 翅膀的**命運**是迎風，眷戀的**命運**是寂寞。（林憶蓮〈飛的理由〉）

◆ 我最大的**遺憾**，是你的**遺憾**與我有關。（電影《後來的我們》的台詞）

◆ 後來的**我們**，什麼都有了，卻沒有了**我們**。（電影《後來的我們》的台詞）

◆ 當一個人習慣孤獨之後，那才是比**悲傷**更**悲傷**的事。（電影《比悲傷更悲傷的事》的台詞）

許多中文詞彙，縱有相似之處，亦各有風韻。以「孤獨」與「孤單」

爲例，兩詞儘管都指一種無伴的狀態，但「孤獨」蘊含更深層的內省與主觀的情感體驗，而「孤單」則偏向客觀的獨自一人狀態。透過「相似詞」或「相反詞」的對比，不僅可以豐富創作上語言的表達，也能啓發思考，引領讀者進入文字交織的哲思世界。請思考以下例證：

- 愛不要抓得太緊，有時需要放鬆。但放鬆並不是放棄，而是適度地扶著他，走向他應該走也願意走的路。（顏崑陽〈愛的歧路〉《智慧就是太陽》）
- 期望與失望是對孿生兄弟。期望前腳才踏進充滿陽光的房間裡，失望總拎著一簇烏雲，吆喝著進來。
- 我從沒有被誰知道，以也沒有被誰忘記。在別人的回憶中生活，並不是我的目的。遇見是兩個人的事，離開卻是一個人的決定。遇見只是一個開始，離開卻是為了遇見下一個離開；這是一個流行離開的世界，但是我們都不擅長告別。（顧城）

◆我喜歡讀小說，但只喜歡讀悲劇，不喜歡讀慘劇。因為悲與慘不同，悲能引人深思，慘只是叫人絕望。（琦君〈悲劇與慘劇〉《淚珠與珍珠》）

◆聰明可以折服別人；高明能夠擺平自己。聰明是向外開拓；高明是往內尋求。聰明是用腦思考；高明是用心去想。

◆饑，是孫子這時代的毛病；餓，是阿嬤那年頭的問題。

◆這是物質豐裕的時代，也是心靈貧窮的時代。

◆冷靜是冰鎮心靈的清泉；冷漠則是拒人於千里之外的冰山。

◆心痛是暫時的瘀青；心碎是恆久的刺青。

◆心痛是花朵凋萎時的扼腕；心碎則是連根拔起的絕望。

◆理性是後天創造的規範；感性則是與生俱來的本能。

◆理性恰似平靜的水面；感性則如跳動的火燄。

◆理性如同賽車，在高速馳騁下，隨時掌控著煞車與油門的平衡；

感性就像塞在車陣裡，於極致慢速中，緩緩地抬腳卻又放下，享受習習的涼風。

◆ 現任男友和前任男友間的差異在於：前者嘴裡說出的叫情話，後者嘴裡說出的是謊話。

小試身手 請你嘗試用以下的題目，模仿上述形式，進行創作。

1 擁有與享有

2 讚美與批評

3 孤單與孤獨

參考：

◆我無法**擁有**陽光，將它懷抱於胸，卻能**享有**陽光的和煦與溫暖；我無法**擁有**大海，親炙它的的體貌，卻盡情**享有**海的遼闊與舒緩。

◆**擁有**可以是具體的存在，**享有**卻是恆常的存在。**擁有**可能是物質的豐饒，**享有**則是精神的飽滿。

◆過多的**讚美**是阿諛，適度的讚美是藝術；過度的批評是挖苦，適度的批評是針砭。

◆若說一個人坐在咖啡廳中，啜飲拿鐵，閱讀著自己最愛的書是**孤單**；那麼，**孤獨**就是待在人聲鼎沸的酒吧中品嚐苦澀的伏特加，看著身邊人來人往。

中文的美學，在詞彙的反覆與迴旋之間展現其獨特韻味。這樣的語言運用，無形中建立了一種與讀者心靈共鳴的橋梁。例如，一句看似日常的廣告語「再忙，也要和你喝杯咖啡」，在字面之下蘊藏著時間寶貴卻願意為彼此停駐的深情。若將這種修辭運用在日常寫作中，透過巧妙字詞選擇與結構排列，更能增添審美的趣味或論述的知性。

◆「再忙，也要喝杯咖啡！」是偷閒的愜意。

「再忙，也要和你喝杯咖啡！」是暖心的浪漫！

英文裡，透過字音或字形的相近性，亦可構成語言的迴旋往復，而展現意在言外的多義性及趣味性。

◆ *You jump, I jump.*（電影《鐵達尼號》經典台詞）

◆ *Kiss me, or kill me.*

◆ *To be or not to be.*（生存或抗爭，莎翁此句名言出現頗多不同翻譯）

第二節：如何寫出好句子——句子的樣態

本書前面單元曾細論「句子」的定義及內涵，所以，我們知道句子是語言中用以表達一個完整思想的基本單位，其結構需要足夠的成分以完成溝通的功能。這些成分通常包含主語、謂語，有時還包括賓語、定語、狀語、補語等。接著，我們進一步理解如何寫出完整且充分表意的句子。以下示範幾種可以寫出完整且充分表意句子的方法：

一、聯想式的句子寫法

「聯想」是指從某一個概念出發以引起其他相關概念的思考過程。此處介紹一種簡易操作的「聯想式」寫法。從一個名詞開始，如：秋天，接著爲這個名詞聯想出一個相關的形容詞，如：蕭條的、肅殺的，最後透過這個形容詞，再勾勒出一個具體的句子，並由這個句子再加以擴展延伸。

句子一旦伸展出去，由於材料變多，自然容易激發思考與聯想。

聯想的方式有許多種，此處只是舉列其中一種，你可以發揮創意進行更多輻射的、發散的、水平的、垂直的多樣性聯想。請看以下示例：

題目：秋天的狂想

◆**秋天↓肅殺的↓西風捲起滿地被夕陽照射的落葉↓**

西風陣陣吹來，令人不禁打了個冷顫。血紅色的落葉映照著夕陽的斑斕，在風中任意翻飛，猶如士兵濺灑沙場上的鮮血，肅殺的氣氛在寂靜的樹林中彌漫。

◆**秋天↓靜寂的↓空曠而鴉雀無聲的山坡↓**

只有這時，我才想問問那群黃昏漫飛的烏鴉，你上那兒去了？眼前的場景中，沒有你沙啞的啼鳴，反而比你帶來的不幸更為恐怖。身旁的巨樹也嚇禿了頭頂，高舉著指頭微微顫抖。蟬兒比它更膽小，早已逃之夭夭，寒風也繞道而行，這回巨樹可連動也不敢了。

◆秋天↓繽紛的↓公園中各色的樹葉↓

秋是個即興的街頭畫家，將公園裡滿樹的葉，以風為畫筆，如油畫般點染，隨興的抹上黃、紅、褐及特調的綠。像個孩子般，蠻橫的創造自己的審美觀。

◆秋天↓淒涼的↓獨居老人↓

寒冷的風又呼呼地吹著，可憐的我，獨自一人面對空蕩蕩的房屋，四面牆壁像是一個巨大的籠子，將我監禁著，孤獨的氛圍從四周逐漸聚集，合力壓迫著我，使我無法呼吸。

二、解釋型的句子寫法

若「聯想型」的寫法比較文學性，那麼「解釋型」的寫法則傾向於知性的、直接的表達，這種寫法是針對題目直接以解釋或詮釋的破題方式書寫。

「命運」是什麼？「命運」是「謀事在人」後的「成事在天」？「命運」是面對努力後的挫敗時，唯一寬慰的語言？「命運」到底是……？「命運」是兩千多年前的屈原，面對日月山川、人事風物所提出的種種「天問」。「命運」若不磅礴、震盪、跌宕，屈原的〈離騷〉無法完成；貝多芬也無以成就其「命運交響曲」之不朽，於是，悲劇成了命運的冠冕。

以前面這段文字爲例，作者先自問「命運」是什麼？而後自行回答了幾個答案，最後，提取了屈原及貝多芬來做結論，並說明悲劇是命運的冠冕，而不是絕境。再看看以下的「解釋型」句子的寫法：

◆「武俠」之意，可以就「武」、「俠」兩字分別論述。我個人以為：「武」是個人的、內在的、是自我的功夫與修為之深淺。「俠」是群體的、外顯的、是替眾生設想的經世與濟民之厚薄。

◆人生是一段旅程。人生不是頓悟的片刻，而是漸悟的過程。人生裡，頓悟的時候太少，因為頓悟需要泰山壓頂般的巨大與沉重，需要壯烈及過激，但，這不是生活的常態；人生往往是在日升月落、柴米油鹽的尋常中，在小情小愛、小奸小惡的細碎中，逐步漸悟，漸悟耐得住時間，漸悟允許失敗。

◆家的意義是什麼？對某些人而言，家的距離可以短到只隔一條街；也可以長到相隔一片海。家可以是船隻的避風港，也可能是過客休憩的碼頭。因此，回家這條路，可以迢遙，也可趨近；是平凡的歸途也可以是特別的旅程。

小試身手 請你嘗試以「回憶」爲題目，**直接**以解釋或詮釋的**破題**方式練習。

參考：

◆回憶就像打在灘上的浪，你不知道能捲回什麼？但不斷的沖刷與揀洗後，能再回到大海的，必定是最永恆且銘心刻骨的記憶。

◆回憶是一顆神奇的種子，沉睡在心靈的沙漠中。它不畏白晝的酷熱、夜晚的寒冷，靜靜地待在幽暗的土壤中。只有昔日的雨水滋潤灌溉這乾枯的土地時，它才會迅速地發芽茁壯，開出如往日般簇簇耀眼的花朵，訴說那一段輝煌歲月。

◆回憶像是一面抖動麵粉的過篩，粗糙的，終究穿透不了篩子的孔目，只能被留下了。漫長時間的流動裡，曾經的狂悲狂喜，當它成了回憶的一員之後，似乎都成了一抹抹淺淡的微甜與微澀了。

三、化抽象爲具體的句子寫法

日常裡，我們偶爾會遇到一些文字或說法含糊其辭的情形，如：「你的說法或文字很抽象，我不太理解。」在學術語境中，「抽象性」(abstraction) 指的是那些剔除具體細節，而著重於表達概念、情感或意識等表述方式。這種表述常需要讀者或聽者運用個人經驗去理解和揣摩其深層意義。相對於抽象，「具體」（concreteness）則是描述可觀察的物質屬性，及能夠被感官所直接感受到的現象。

若要將抽象的概念轉化爲具體，可藉由適切的技巧來實現。例如，使用隱喻、象徵、比喻等，以具體來顯像「抽象」概念。

舉實例以論，當提到「嫉妒」、「驕傲」、「諂媚」、「懶惰」等屬於感覺型、感受性的詞語時，我們必須以具體詳細的情境述說來替代這些抽象的語彙，以便讀者準確地把握作者的意圖和情感，清晰領略作者的想法。舉例來說，我們想要表達「驕傲」此一概念，可以寫成：「結實豐碩卻不願意低垂的稻穗，遲早會摧折毀損」。此處，不願低垂的稻穗形象用以象徵「驕傲」，寫作者無需直接提及「驕傲」一語，卻巧妙地通過連結具體表達驕傲的意涵。

以下練習，有幾則不同的題目，在創作時的要求是：不得出現題目的字眼，且須以具體的人物、景物或事物等來表現該詞語的內涵。

題目：驕傲

◆ 頭仰的角度越高，摔跤的機會越多。

◆ 杯中的飲料如果太滿，是裝不下冰塊的。

◆ 如同一隻井底之蛙，不知天高地厚，永遠認為自己是獨一無二的。

題目：嫉妒

◆ 總是見不得別人比他好，說起話來像喝了兩大缸醋似的。

◆ 千萬隻小蟲一起往心眼裡鑽，一點一滴的漸次侵蝕整顆心。

◆ 一副扭曲變形的心腸，裝在沒有度量的人身上。

題目：懶惰

◆ 能坐絕對不站，能躺絕對不坐。

◆ 融化的冰，擺在那裡，一動也不動，等待陽光來蒸發。

◆ 掉在地上的落葉，除非風的掃動，否則將永遠躺在那兒靜靜腐化。

第三節：如何架設充分的邏輯——段落的鋪排

句子，作爲簡短卻表意完整的最小單位，創作時，須先備句子概念之後，才能寫就段落及篇章。而段落作爲由句子構成的更大單位，旨在發展一個中心主題，文本中的段落結構反映了作者的思考過程和論述架構。這些形式上的意義都能形成閱讀策略及寫作原則。

段落的劃分主要有兩種：自然段和意義段。自然段（natural paragraph）是根據文章結構自然形成的，其斷開的位置可能受到篇幅限制或是作者不希望某一段過於冗長。自然段在視覺上容易識別，因爲它們在文本中通常會以換行或首行縮排來標示。相對地，意義段（ideational paragraph）是通過將幾個概念上相關聯的自然段整合在一起而形成的。這種段落的劃分需要讀者透過深度閱讀和思考來識別，並非直接在文章的版面上顯示出來。意義段的劃分有助於讀者理解文章的深層結構和作者意圖，並將訊息組織成邏輯連貫的知識體系。

不論長段落是短段落，是作者依據不同的目的來書寫。以下將透過實例分析，將前面幾節所討論的詞彙增進、句子寫法及寫作方法等策略，進行交融及共構，以在寫作中實際應用。

以下示例，我們可以從中考察及辨析它們是如何描述來表述不同生命階段的體悟，藉由三個句子來構築一首詞的完成。

◆ 少而好學，如日出之陽；壯而好學，如日中之光；老而好學，如炳燭之明。少年讀書，如隙中窺月。中年讀書，如庭中望月。老年讀書，如臺上玩月。皆以閱歷之淺深，為所得之淺深耳。」（張潮《幽夢影》）

◆ 少年聽雨歌樓上，紅燭昏羅帳。中年聽雨客舟中，江闊雲低，斷雁叫西風。而今聽雨僧廬下，鬢已星星也。悲歡離合總無情。一任階前，點滴到天明。（蔣捷〈虞美人〉）

一、唱作俱佳說故事

敘事與描寫技巧的綜合應用是體現故事和經驗傳達的有效途徑。日常生活中，人們撰寫日記或部落格，以記載生活的經驗、生命的感悟及許多吉光片羽的靈思，不過，其寫作形式若僅停留在列舉表象或流程的層面，缺乏生動的、深刻的故事元素，就不易長存人心。此處提及的「故事」不限於虛構敘述，而是一個廣義概念，涵蓋了從經驗到體驗等各種敘述。

有效的故事講述能力涉及多方面，除了敘事之外，其中與寫作緊密相連的是描寫能力。描寫，類似於修辭學中的「摹寫」技巧，是對感官與知覺經驗的豐富描述，涉及視覺、嗅覺、味覺、觸覺和聽覺等各種感官。培養描寫技巧的基礎在於精湛的觀察力和深刻的體驗力。描寫多數時候是在處於靜態的空間環境中，透過感官細膩觀察。

敘事和描寫在文學創作中常常相互交織，難以劃分清晰界限。一個優秀的故事往往能夠在敘事的同時穿插細膩的描寫，共同構築起引人入勝的敍述。

以下就朱自清〈背影〉裡的精彩「故事」爲例說明之：

我看見他戴著黑布小帽，穿著黑布大馬褂，深青布棉袍，蹣跚地走到鐵道邊，慢慢探身下去，尚不大難。可是他穿過鐵道，要爬上那邊月台，就不容易了。他用兩手攀著上面，兩腳再向上縮；他肥胖的身子向左微傾，顯出努力的樣子（描寫）。這時我看見他的背影，我的淚很快地流下來了（敍事）。

我趕緊拭乾了淚，怕他看見，也怕別人看見（敍事）。我再向外看時，他已抱了朱紅的橘子往回走了。過鐵道時，他先將橘子散放在地上，自己慢　慢爬下，再抱起橘子走（描寫）。到這邊時，我趕緊去攙他。他和我走到車上　，將橘子一股腦兒放在我的皮大衣上。於是拍拍衣上泥土，心裡很輕　鬆似的。過一會說，「我走了，到那邊來信！」，我望著他走出去。他走了幾步，回過頭看見我，說，「進去吧，裡邊沒人。」等他的背影混入來來往往的人裡，再找不著了，我便進來坐下，我的眼淚又來了（敘事）。

在朱自清的筆下，我們看到了如何透過**敘事**和**描寫**的結合，以細膩刻畫父愛的景象。作者沒有直接表達對父親的愛，而是通過具體的細節描繪，如：父親顢頇且略顯微胖的身影在月台和鐵軌間吃力穿梭地購買橘子，以畫面來說故事，以淡筆寫濃情，簡單而濃烈的父愛已不言而喻了。

閱讀過程中，能夠觸動讀者情感，令人產生強烈共鳴和視覺印象的文本，往往是敘事和描寫手法的巧妙結合而成的。以下再看兩則實例，以驗證此一特點。

那一望便令人肅然起敬的日本武士，一次無意間與他那深邃有神的靈魂之窗相接，我像是一個手足無措的孩子，急急忙忙地想逃開那對似乎能洞悉人心的雙眸（敘事）。他的臉龐闊氣且稜線分明，眉宇之間一股英氣洩出，而身軀結實強壯，腰間佩了一把武士刀，刀鞘修長闇黑的外殼（描寫），一如武士的氣宇，讓人畏懼，不寒而慄。武士走起路來威武莊重，尤其那身潔淨的衣裳與肅穆的氣質十分吻合，平坦的衣領，寬大的肩線，開闊的袖口，寬鬆的褲管（描寫），從內而外，在在顯示一種與眾不同的氣質（敘事）。

那一晚，測不到溫度的冰雪，席捲整條街道，街道上沒有一個人影（敘事），只見小女孩挽著一個籃子，沿街叫賣火柴盒，天寒地凍，她仍舊穩著聲嗓。但實在是太冷了，女孩燃起一根火柴，溫熱使得她的臉頰出現了短暫的紅潤，掛著兩條殘留的淚痕，一雙惹人憐愛的大眼，四顧周圍，期待有個可以休憩的地方。火柴熄了，小女孩點燃了第二根，第三根……，熒熒的微光中，女孩似乎看到了什麼，露出了淺淺而滿足的笑，接著，她的眼睛緩緩的閉上了，任由霜雪不停地侵襲上身（描寫）。

二、表達觀點與見解

日常，無論口語或文字，表達一己之觀點與看法，最常使用的方式是說明與議論。說明傾向於呈現客觀的事例、物例及現象等；而議論的本質在陳述並讓他人支持作者的觀點與立場。它固然涉及主觀性，但此主觀性並非隨意的個人感受，而是建立在理性的分析與完整的論證中。許多論述型文本會將議論與說明兩者並置使用，然而兩者的分野在於議論倚重主觀判斷，而說明則強調客觀描述。人們有時會誤以爲議論文就是風格強硬，實則不然，議論的風格可軟性可硬性，其重點在於如何有效傳達個人見解並說服他人。以下我們來看看兩則「議論」筆法。

我們都同時腳踏兩條船。一腳踏在白天的工作裡，踏在眾生的眼廓裡；一腳則踩進夜晚的蝸居裡，蜷縮在蝸殼中兀自俯仰，貪一晌之歡。有時候，我們也一腳踏在夢想的無限深邃裡，眼露笑意；另一腳卻踩在現實的流沙裡，沉淪掙扎，掙扎再沉淪。（針對人在白天與夜晚、夢想與現實裡的不同姿態，提出自己的看法）

「簡單」總得經歷過「繁複」後，才能有驀然回首的清明。「簡單」得要飽經霜雪、穿越峻嶺之後，才能有越過山丘的了然。我們總是在繁複、厚重、絢麗之後，才知曉五顏六色的加身，有時並不美，於是，我們學會減法、學會刪節，而後才能近似於「簡單」，但是，也只能近似而已。人生必須選擇遺忘，種種過去才能真的過去。我們有時拼了命和他人聊天；或企圖喝下更多的心靈雞湯，希望雞湯讓人醉，醉後醒來一切如新。但，每個人都是，擁有快樂的同時也藏匿憂傷。因為憂傷，快樂才能更顯得快樂；也因為快樂，憂傷不再是孤單地舔拭傷口了。（作者之旨在表示：簡單與繁複，快樂與悲傷的優缺，常常是相伴而來的）

人類的思維與見解經常由外在的刺激——包括人、事、物而生發出來，於是「物」（可見的外物）、「意」（人的思想意念）、「辭」（表情達意的載體）三者共構了文本的誕生。

為了完整分析一篇文章如何巧妙地運用敘事、描寫、說明及議論等四種寫作手法相互結合，我們細察下文。

醫院，其實很像市集，有著浮世繪與眾生相。並且，都有喧嘩的眾聲與蒸騰的人群，但是醫院的色彩是單一的；而市場的顏色是熱鬧的。（敘事）

人們在不同的診間舖子裡流動，各自尋覓所需。醫院市集裡的人們，眼神灰濛，常常望向遠方，飄浮著幾許淡淡的幽愁與恍惚。不若市販裡一雙雙燦然的眼。市場裡的人們主動出擊，他們是獵人，是滿載希望的獵人，自由地選擇與移動，飽滿囊袋後，回眸一望，然後，離開。而醫院裡，人們是被動的存在，等待宣布，等待指示人生的方向，一個個標示中，依序魚貫前進，像生產線上筆直排列的貨品。（敘事與描寫）

我想，到醫院是一種必要，疾病時，必須；陷入生命的光與暗，迷茫之際，更是必須。於是，在來來去去的輪轉中，對於擁有與失去，有著更深刻的體會。然後，學會珍惜！生命的輕重、厚薄與冷熱，如電光石火逼仄眼底！（議論）

第六章

起身與跨步：文章寫作的類型

第一節：長話短說與化繁為簡

當前許多寫作教學的文獻與探討中，各式寫作類型的設計層出不窮，如：縮寫作文、擴寫作文、接寫作文、改寫作文、看圖作文等等。雖然這些題型變化多端，歸根到底，都是對**思考理路的序列化整理**。寫作實質上是將思想與邏輯轉化爲可視化文字的過程。鑑於思考本身具有跳躍性和多樣性的特色，且容易受外界因素干擾影響，因此，學習組織和調整思路對提高寫作質量有其必要性。就像「擴寫」和「續寫」可培養想像與聯想的延伸，「縮寫」和「摘要」則訓練我們如何做到言簡意賅和有序思考。

對於寫作新手而言，建議可以從**縮寫**與**摘要**的練習開始。首先，完整閱讀一篇文章，分辨它屬於客觀的論述還是主觀的表達；然後，在每一段落中尋找和標記出關鍵句。將每個段落或結構層面的關鍵句整合，形成一篇簡練的短文，進而與原文相對照，以確保主旨的一致性和是否存在偏差等。若個人難以判斷，可請求他人閱讀來獲得反饋，這一過程不僅是摘要和縮寫的基本功，也是**透過閱讀揭示寫作盲點**的重要起步。

◆縮寫與摘要寫作

許多人認爲自己不擅長長篇大論，當代社會，簡潔、明晰且準確的表達力被視爲核心技能。爲此，縮寫練習成爲提升此能力的切入點之一。

縮寫練習首先需要對文章進行全面分析，明確每一段的主旨和重點；接下來，對文章仔細進行剖析，梳理細節，以確定哪些內容是必要的，哪些是可剪裁的。逐字審視原文，探索哪些詞句可以省略？哪些可以用其他詞彙替代？或者是否可以用縮簡的方式表達。於此過程中，首先可考慮的是：刪除不影響核心主題和情節發展的描述性文字；其次，剔除與主題相對無關的冗餘部分，如過多的對話和形容詞，這是精簡原文的有效方法。

閱讀完以下文章後，練習將其縮寫成300～400字左右的短文，進行縮寫時，要牢記的原則是：在壓縮文字數量的同時，不得改變原文的基本結構、主要情節、人物描繪及敘事順序，同時保持文體不變。

題目：邂逅一隻啄木鳥

那年暑假，我在醫院當菜菜的實習護士。

那天為一位男病人注射時，從小的過敏性鼻炎一直無法適應病房雜味交陳的空氣，鼻涕根本止不住，大大影響了技術，那男病人當場發火要求換證是護士來，我收了收東西含淚走出病房。突然後面有人遞了張面紙給我，轉頭一看，一個俊挺的男生右手拄著點滴架，那雙深邃似潭的大眼閃露著迷人的柔光，他泛著笑意說：「小護士，別哭嘛！那大男人也真沒膽，輕輕挨一針就無法忍受破口大罵，算什麼男人！」我很訝異，原本已沉入谷底的心情又緩緩被救上岸。他接著說：「這樣好了，我去告訴你們老師，我自願讓你練習，反正我已身扎百針，不怕了！」

他就是罹患肺癌十八歲的家榮，入院兩個月，他自知病情並不樂觀，卻能超乎成熟地理性面對。大家推測這與他的成長背景有關，父亡母改嫁，和哥哥靠遠房親戚支柱下長大，現實生活逼他們更加獨立，比別人更早透悟人生。

後來也成了我受挫時最佳的避風港。仗著年少輕狂，那一次乘著家榮暫停注射，為了實現他的願望，我不顧護理倫理，和他串通好二人出去吃麥當勞，瀏覽櫥窗，嗅夜裡的芬多精，他非常開心的直說這一生已滿足了。隔日二人還因成功的瘋狂行為竊喜許久。

一次走進病房，看到家榮頭不斷輕點胸口，我以為他胸口又痛了，慌張的為他準備氧氣，誰知他竟漾開笑容說：「小飛，你看我這樣像不像啄木鳥？我要一一啄出體內的癌蟲，可是卻失敗了！」我紅著眼心疼的望著他。

實習結束的前一天，一到病房變聽聞家榮病危的消息，立即衝到他病床，拉開屏風，學姐正在作屍體護理，那對深陷的眼眸一片渙散，面部僵硬的無法牽動一抹微笑，這就是死亡啊！我一滴眼淚也沒淌只是身體顫個不停。

五年來，家榮的影像已漸漸模糊，但每當我帶著憂愁入睡時，夢中總會飛來一隻五色鳥，在我心口輕輕啄出一隻隻蠕動的壞蟲，翌日，我又能帶著微笑面對世俗紅塵。（字數：756）（作者：莫飛，選自中國時報人間副刊）

參考文章

例一：

還記得那年的暑假，仍是醫院裡的實習護士，因為過敏性鼻炎，工作時一直流鼻涕，被病人要求更換，在我含淚走出病房時，一張面紙從背後遞上來。一轉頭，對上右手拄著點滴架，而柔光似水的眼，笑著要我別哭，還說自願讓我練習。原來，他就是罹患肺癌的家榮，自知病情不樂觀，仍能豁達而理性地面對。

後來，他成了我的避風港，我倆還趁著暫停治療的機會，偷偷外出吃麥當勞，享受夜裡洗禮，他直說此生已足矣！

某次，看他又輕點胸口，以為他又胸痛，他卻說：「我是一隻啄木鳥，想要啄出體內的癌蟲，但，失敗了。」我只是心疼的望著他。

實習結束前一天，聽說他病危的消息，我立刻衝進病房，學姊正在做屍體護理，我哀慟地忘了哭泣。五年來，家榮的影像逐漸模糊，但每當我憂愁入眠時，夢中總有隻五色鳥，為我啄出壞蟲，翌日，我又能笑對紅塵。（陳彥文，336字）

例二：

那年暑假，我在醫院當菜鳥護士。某天因為先天的鼻子過敏，注射時不小心失手，被病人斥責要求換人，當我極度沮喪含淚走出病房時，一個右手拄著點滴的男孩，以一雙深邃似潭的眼眸對我笑著，也遞出了一張讓我感動的衛生紙，他貼心地安慰著我，讓我沉入谷底的心被救上了岸。

後來才知道他是罹患肺癌的家榮，他成熟理性地面對自己的病情，這樣的態度或許是和他的家庭背景有關。之後他成了我受挫時的避風港。為了完成他最後的心願，我不顧醫學倫理地帶他去吃麥當勞，至今想起仍令人會心一笑。某天，家榮又開始不停地輕點胸口，以為他又發病痛了起來，心疼地問他，他竟笑著說：「我像不像隻啄木鳥，想把體內的病蟲一一啄出，可是我卻失敗了。」我心疼不已。

實習結束前一天，聽聞他的惡耗，立刻衝進他的病房，進去時，只見一具空無靈魂的軀殼，五年來，我常夢見一隻五色鳥在夢中出現，啄我心中的壞蟲，這個夢讓我每個今天都能笑對世俗。（張紘愷，380字）

第二節：資料判讀、文獻述評

◆強化資料判讀與思辨能力

在生活各領域中，對於資料及訊息的解讀與分析能力是必須的。學生於學術領域學習，職場人士在執行職務，都會面臨處理大量資訊的挑戰。面對這些資訊，重要關鍵在於如何有效地理解、整合並應用。所以，學習判讀、反析資料是訓練思考及寫作的關鍵，因爲它關係到如何在文字中展現論證並達到說服讀者的目的。

以下嘗試以較爲簡單的古典文學作品，分析作者如何通過論證的策略來解決問題或傳達思想。進行分析時，可以關注作者是如何建立論點、提出證據，以及如何構建結論。

題目一：以下選文出自《世說新語》規箴第十，閱讀完後，請你**分析**並寫出文中東方朔的說服策略，文長150字以內。

漢武帝乳母嘗于外犯事，帝欲申憲，乳母求救東方朔。朔曰：「此非唇舌爭，爾必望濟者，將去時，但當屢顧帝，慎勿言！此或可萬一冀耳。」乳母既至，朔亦侍側，有謂曰：「汝痴耳！帝豈復憶汝乳哺時恩邪！」帝雖才雄心忍，亦深有情戀，乃悽然愍之，即赦免罪。

參考：

◆東方朔不採直接勸諫武帝的方式，而以間接側面的手法警醒武帝。東方朔表面上苛責乳母的愚蠢，實際上是藉著指桑罵槐的方式，讓漢武帝能自行覺察。如此一來，東方朔不會因爲直諫忤逆君上而受罰，也顧及武帝的顏面並讓他有台階可以下，更可以顯示武帝愍然有惻隱之心的仁君之態。

◆東方朔在此一事件中，所採取的說服策略，其成功關鍵在於：啓發漢武帝的惻隱之心。東方朔相信人性本善，上從王公貴族下至乞丐小兒，任何人都隱然有善心，因此東方朔不逞口舌之快，不直接勸諫武帝，將一場原本會發生的唇舌之爭，轉成情意的拉鋸，而乳母不費任何話語，僅以神情頻頻眷顧武帝，搭配東方朔對乳母的嘲弄，終使武帝改變心意。

題目二：以下短文節選自《左傳．燭之武退秦師》，閱讀完後，請你分析文中燭之武說服秦伯的策略，需以**條列的形式**，列點說明，文長200字以內。

> 夜縋而出，見秦伯曰：「秦、晉圍鄭，鄭既知亡矣。若亡鄭而有益於君，敢以煩執事。越國以鄙遠，君知其難也。焉用亡鄭以陪鄰？鄰之厚，君之薄也。若舍鄭以為東道主，行李之往來，共其乏困，君亦無所害。且君嘗為晉君賜矣，許君焦、瑕，朝濟而夕設版焉，君之所知也。夫晉，何厭之有？既東封鄭，又欲肆其西封，若

不闕秦，將焉取之？闕秦以利晉，唯君圖之。」秦伯說，與鄭人盟。使杞子、逢孫、楊孫戍之，乃還。

參考：

（一）分析利害

◆利益條件上：鄭國願爲東道主，供應秦國之所需。

◆地理方位上：鄭國的地理位置在齊、楚、晉的邊境上，未與秦國直接接接壤，攻打鄭國對於。擴充秦的疆域並無益處，只是圖利晉國，增加晉國其領土。因此，燭之武提出「越國以鄙遠，焉用亡鄭以陪鄰」的說法以說服秦伯。

（二）挑撥離間

◆秦晉歷史恩怨：燭之武重提晉惠公夷吾（重耳之兄）不守當年與秦穆公說好的條件，本答應將焦、瑕兩城池送給秦國，後竟「朝濟而夕設版焉」。

◆晉欲擴張西方領土，必攻秦。

在這些知性思辨型的文章中，我們必須不停地懷疑並提出疑問，確立某種觀點之後，尋找證據，並確認證據，以支持觀點的明確性。

再看以下一段文字，便能夠更清楚了解什麼叫「觀點」的表述，這一段文字的主要內容在告知讀者「符號」與「記號」的差別到底是什麼。

> 「符號」及「記號」兩者是不同的。我們可用之來區辨文學語言與科學語言的差別。「符號」是科學語言常用的，不同符號或符碼具有定向的普遍意義，它是「客觀性」；「記號」是文學語言的大宗，它可以是「主觀地」隨順不同使用者的使用模式產生殊異的可能與變化。

第三節：評論寫作及觀點闡述

◆評論寫作與觀點闡述

「評論」是一種個體觀點，見解之表達型態，它需要有批判性思考、深度辨析的能力。以下將以《史記》一書中，司馬遷對於項羽和劉邦兩人的敍寫，透過對比分析、進行評論，楚漢相爭的歷史敍事，承載著劉邦與項羽之間的英雄較量，是中國歷史上的一段傳奇。這一段歷史以劉邦的最終成功和項羽的悲劇結局，構成了一幅生動而富有戲劇張力的畫面。這場爭鬥不僅在當時掀起了劇烈的社會動蕩，而且在後世文化中始終佔有一席之地，成爲人們談論不衰的題材。劉邦與項羽的故事不僅被反覆地改編爲電視劇和電影成爲文化轉譯的典範，更透過其背後的人生哲理和戰略智慧，成爲現代商業教育和領導力培訓中的重要案例。

題目：

以下擷取司馬遷在《史記‧高祖本記》與《史記‧項羽本記》兩篇文章中的首段，仔細推敲一下它們的內容及寫作手法，司馬遷在敍述手法上避免了模式化的寫作，沒有選擇簡單的模組重複或複製貼上，而是根據每位人物獨特的性格特點和歷史脈絡，巧妙地安排不同的出場方式，請問司馬遷的意圖爲何？其次，劉邦和項羽的出場有何差異性？試分析兩者間的不同處並思考司馬遷隱藏的弦外之音。

文本：

項籍少時，學書不成，去學劍，又不成。項梁怒之。籍曰：「書足以記名姓而已。劍一人敵，不足學，學萬人敵。」於是項梁乃教籍兵法，籍大喜，略知其意，又不肯竟學。項梁嘗有櫟陽逮，乃請蘄獄掾曹咎書抵櫟陽獄掾司馬欣，以故事得已。項梁殺人，與籍避仇於吳中。吳中賢士大夫皆出項梁下。每吳中有大繇役及喪，項梁常為主辦，陰以兵法部勒賓客及子弟，以是知其能。秦始皇游會稽，渡浙江，梁與籍俱觀。籍曰：「彼可取而代也。」梁掩其口，曰：「毋妄言，族矣！」梁以此奇籍。籍長八尺餘，力能扛鼎，才氣過人，雖吳中子弟皆已憚籍矣。（《史記．項羽本紀》第一段）

高祖，沛豐邑中陽里人，姓劉氏，字季。父曰太公，母曰劉媼。其先劉媼嘗息大澤之陂，夢與神遇。是時雷電晦冥，太公往視，則見蛟龍於其上。已而有身（懷孕），遂產高祖。

高祖為人，隆準（隆，高的；準，鼻子）而龍顏，美須髯（鬚髯），左股有七十二黑子。仁而愛人，喜施，意豁如也。常有大度，不事家人生產作業。及壯，試為吏，為泗水亭長，廷中吏無所不狎侮（態度輕慢）。好酒及色。常從王媼、武負貰（賒欠）酒，醉臥，武負、王媼見其上常有龍，怪之。高祖每酤（買酒）留飲，酒讎數倍。及見怪，歲竟，此兩家常折券棄責（同「債」）。

高祖常繇（勞役）咸陽，縱觀，觀秦皇帝，喟然太息曰：「嗟乎，大丈夫當如此也！」（《史記．高祖本紀》第一段）

參考：翻譯及詮釋

◆項籍小的時候曾學習寫字識字，沒有學成就不學了；又學習劍術，也沒有學成。項梁對他很生氣。項籍卻說：「寫字，能夠用來記姓名就行了；劍術，也只能敵一個人，不值得學。我要學習能敵萬人的本事。」於是項梁就教項籍兵法，項籍非常高興，可是剛剛懂得了一點兒兵法的大意，又不肯學到底了。項梁曾經因罪案受牽連，被櫟陽縣獄掾逮捕入獄，他就請蘄縣獄掾曹咎寫了說情信給櫟陽獄掾司馬欣，事情才得以了結。後來項梁殺了人，爲了躲避仇人，他和項籍一起逃到吳中郡。吳中郡有才能的士大夫，本事都比不上項梁。每當吳中郡有大規模的徭役或大的喪葬事宜時，項梁經常做主辦人，並暗中用兵法部署組織賓客和青年，借此以了解他們的才能。秦始皇遊覽會稽郡時，項梁和項籍一塊兒去觀看。項籍說：「那個人，我可以取代他！」項梁急忙捂住他的嘴，說：「不要胡說，要滿門抄斬的！」但項梁卻因此而感到項籍很不一般。項籍身高八尺有餘，力大能舉鼎，才氣超過常人，即使是吳中當地的年輕人也都很懼怕他了。（《史記．項羽本紀》第一段）

◆高祖是沛郡豐邑縣中陽里人，姓劉，字季。他的父親是劉太公，母親是劉媼。高祖未出生之前，劉媼曾經在大澤的岸邊休息，夢中與神交合。當時雷鳴電閃，天昏地暗，太公正好前去看她，見到有蛟龍在她身上。不久，劉媼有了身孕，生下了高祖。

高祖這個人，高鼻長頸，容貌有龍相，鬍鬚特別美，左大腿有七十二顆黑痣。仁厚愛人，喜歡施捨，胸襟豁達，大度寬宏。不願從事農耕生產家務勞作。到了壯年，試爲官吏，當泗水亭亭長，衙門裡的吏役沒有不被他戲弄欺侮的。他喜歡喝酒，好女色，常常到王媼、武負那裡去賒帳喝酒，喝醉了倒頭就睡，武負、王媼看到他身上常有龍形出現，覺得這個人很奇特。二人發現這怪現象後，年底結賬時，常常撕了賬單，高祖的欠債一筆勾銷。

高祖曾到咸陽服繇役，有次秦始皇出巡，特許百姓觀看，他看了感慨地說：「啊，大丈夫就應當如此！」（《史記．高祖本紀》第一段）

讀者不難發現，司馬遷對於兩個主角的出場，有其精心的安排。在從上述原文及翻譯〈項羽本紀〉裡著重描寫項羽的武藝氣勢、略帶傲氣的自負，還有做事學習只有三分鐘熱度的態度；而在〈高祖本紀〉裡，最常出現的關鍵字是「龍」，司馬遷沒有說劉邦是才智氣力過人而勝出的，反而不斷凸顯劉邦似乎理當爲天子的宿命安排。此外，我們也隱隱微微地可以發現司馬遷一種寓褒貶於文字的批判，那種批判是說劉邦不事生產，好酒與色的個性。文字口誅筆伐的力量就在如此的對比中清楚顯現。

第七章

跨域與越界：當代文字力的能量

第一節：多型態文字轉譯

「轉譯」一詞是當代流行的語彙，它的意思是指：利用不同的方式或媒介將特定內容或故事傳遞給不同的受眾。這包括影視改編、漫畫、實際體驗等多種形式，以滿足不同人群的需求和喜好。

爲了提升古典文學的理解與欣賞，特別是對於那些不經常接觸古典文學的讀者，在此嘗試以《世說新語》作爲轉譯的示範，以提供寫作的多元素材及思路。《世說新語》以筆記體裁記錄了東漢至東晉期間文人雅士及政治人物的各種逸事趣聞，其篇幅短小精悍，故事富於趣味，非常適合初學者的閱讀口味。考量到文言文的難度可能會是閱讀的障礙，現代白話的翻譯可以作爲閱讀的輔助工具，既能夠提供文言文的直接理解，也無損於原文的雅趣。

此外，透過《世說新語》中的故事，讀者可以鍛煉自身的敘事與表達技巧。這不僅是將已有的素材進行有效運用，同時也能在掌握故事講述的同時，拓展對古代文化與歷史的知識深度。以下藉由《世說新語》內容為基礎，實踐故事講述能力，也展現當代的文學轉譯、文化轉譯以供學習者參考。

題目：閱讀完下列文字後以其內容爲基底，寫出一則小故事，並爲故事立一個題目。

> 王子猷、子敬俱病篤，而子敬先亡。子猷問左右：「何以都不聞消息？此已喪矣！」語時了不悲。便索輿奔喪，都不哭。子敬素好琴，便徑入坐靈床上，取子敬琴彈，弦既不調，擲地云：「子敬！子敬！人琴俱亡。」因慟絕良久。月餘亦卒。《世說新語．傷逝第十七》

參考：

無調之琴——傷逝

王子猷與王子敬二人都病得很重了，死亡是人生必經的階段，但子敬畢竟還是先了子猷而去，該傷感嗎？王子猷躺在病床之上，用他那微微顫抖的聲音向侍立左右的僕人索取最後一點音訊。「爲什麼……都沒有子敬的消息？難道他已經死了？」僕人們悽悽不語，他知道的，子敬是死了，而自己呢？是不是也快了？他不悲傷，只是，他必須見子敬最後一面。他這麼想著。於是吩咐僕人備車，顫巍巍地向子敬的靈堂奔去。

他的淚在心裡凝成一圈小小的漣漪，而他的眼框是乾的，沒有悲。他的耳裡彷彿響起了子敬巧手下的琴音，是那樣的流暢自然，是那樣的令人欣喜。他獨自一人走入，昔日的那把琴就放在靈床之旁，在他的目光裡，緩緩流洩熟悉的旋律，沒有雜音，自然流暢。他緩緩坐了下來，有些吃力地抱起那把琴，用他病奄奄的手撫弄了起來。然而，他的指間竟調奏不出任何的旋律，恍惚間似乎看見那把琴在他的膝頭哭著，以一種十分哀淒的音調，哭出一道道傷痛的瀑布。他再也忍不住了，用力將琴往地下一擲，大哭道：「子敬，子敬，你的人死了，你的琴也死了！」

子猷大慟。一個月之後也離開人世，帶著沒有曲調的琴音。（江宛倫）

題目：閱讀完下列文字後以其內容為基底，寫出一則小故事，並為故事立一個題目。

> 魏武常云：「我眠中不可妄近，近便斫人，亦不自覺。左右宜深慎此！」後陽眠，所幸一人，竊以被覆之，因便斫殺。自爾每眠，左右莫敢近者。《世說新語．假譎第二十七》

參考：

睡眠中的梟雄

一代梟雄曹操是個疑心病很重的人，常常懷疑他人，寧可錯殺一百也不願放過任何一個令他有所顧慮的人，於是，他隨時隨地保持警覺狀態。他常常告訴部屬：「我睡覺的時候，不得接近我，否則我會殺了那個人，自己也不會有任何感覺！」當他這麼說時，部屬們以爲曹操只是希望不要有人打擾他休息而已，所以並沒有特別在意。

有一天，曹操在午後小眠，有名下屬見他睡覺卻沒有蓋被子，爲免曹操著涼，好心地將薄被輕輕的蓋在他身上。沒想到，就在薄被覆在曹操身上的瞬間，曹操的長臂一伸，迅速提起身旁一把擦得晶亮的大刀，以迅雷不及掩耳的速度往那名部屬的頭上一揮，頓時，喀嚓一聲，人頭便落在地上滾來滾去，而他的脖子，則如噴泉般的湧冒著一股股難聞的血腥，而曹操依然睡得安穩且毫無所覺，一如他事先的警告。（張淑華）

題目：閱讀完下列文字後以其內容爲基底，寫出一則小故事，並爲故事立一個題目。

魏武少時，嘗與袁紹好為游俠。觀人新婚，因潛入主人園中，夜叫呼云：「有偷兒賊！」廬中人皆出觀，魏武乃入，抽刃劫新婦，與紹還出。失道，墜枳棘中，紹不能得動。復大叫云：「偷兒在此！」紹遑迫自擲出，遂以俱免。《世說新語．假譎第二十七》

參考：

急中生智

曹操年輕的時候，和袁紹爲友，兩人喜歡到處遊蕩爲非作歹，擊劍好事，完全看不出來此時的他，將來會有大作爲。有一天，兩人在路上閒晃，正想找些事來打發時間，恰巧碰到一戶正在辦喜事的人家，一時靈光乍現，兩人便偷偷潛入花園之中，等到夜幕低垂，皎潔的月光與閃亮的星辰也就位了。此時，曹操大聲喊叫：「有賊！」頃刻間，原本靜闃的洞房花燭夜，變得雞飛狗跳的，屋內的人還來不及穿好衣服就跑出來看，看看是誰囂張地在別人大喜之日來搗亂。

狡詐的曹操也趁機溜進新房，看到貌美如花的新娘，也不懂憐香惜玉，抽出了刀就架在新娘的頸項上，然後與袁紹趕忙地逃離已經亂成一團的宅第，他倆完全沒有注意到搶來的新娘早已嚇得魂飛魄散了。就在兩人以爲一切都順利進行時，沒料到竟然迷路了，而且更倒楣的是，袁紹竟然掉入了荊棘陷阱之中，一動也不能動，兩人面對這樣的情況都起了慌。這時曹操想了一個法子，雖然非常的冒險，但他仍當機立斷，用盡吃奶的力氣大吼：「小偷在這兒！」聽到曹操這麼喊，袁紹差點沒嚇死，就在千鈞一髮之際，袁紹有如神助的使盡全身的力氣，從洞裡跳了出來，而在後面追趕的人，只能忿忿然的看著他們消失在黑夜中。（施頡笙）

第二節：廣告文案起手式

在當前數位時代的經濟體系中，電子商務（e-commerce）已成爲盛行的產業模式。電子商務泛指透過網際網路進行商品及服務的買賣交易。於此模式下，商業活動可跨越地域限制，買賣雙方無須直接對面交易，許多商家更是僅透過網路平台銷售產品，省去了傳統實體店面的需求。因此，行銷策略的重要性日益凸顯，在數位化經營趨勢下，網站營運與維護成爲了企業成功的關鍵要素。例如，職稱爲「小編」的電商行銷專才，負責創意行銷的策劃與執行，如何在圖像與文字中創造引人注目的內容，成爲其核心工作。這涉及到如何利用圖片、影像與文字結合來迅速吸引消費者的注意力，並留下深刻印象。

於此，廣告文案成了行銷的重要媒介之一，也逐漸發展成爲一種重要的書寫形式。有效的文案創作不追求冗長複雜，而是傾向於「微書寫」的模式，追求簡潔、直接且能打動人心。簡而言之，文案寫作的藝術在於以簡約創意表達深刻的訊息，使讀者在短時間內卽能獲得資訊並產生共鳴。我們來看看以下的旅遊文案寫作。

◆旅遊文案

「旅遊」早已是一個全民運動，藉著出走，得以澆灌漸趨枯竭的心靈，也藉著逃離，夢想的原鄉似乎拉近了一些。我們都在夢想與現實之間遊走與擺盪。你內心裡一定有一個夢寐以求的旅遊勝地，請你嘗試以文案的方式介紹給我們。以下兩篇文字是從網路上的旅遊文案節錄的，它們集「旅遊、文學、廣告」於一爐的書寫，利用貼切的描摹、扼要且深入旨趣的介紹，讓我們得以從文字的閱讀轉爲影像的畫面。請你細細咀嚼閱讀之後，也選定一個曾經去過的地點，以散文的筆觸加以摹寫介紹，進行「廣告文案」的試作。

範文一：

未經稀釋的純淨之島——斯里蘭卡

從地圖的輪廓上看斯里蘭卡，像極了懸掛在印度下方的一顆淚珠，因此有人形容這兒是印度的眼淚。馬可波羅和海明威遊記不約而同寫著：「這是一處少見的人間天堂。」然而，對於飛行時間將近十小時的臺灣旅客而言，斯里蘭卡毋寧是個既熟悉又陌生的國度。

兩千年前，釋迦牟尼佛祖到此地親臨傳法，一直影響至今；這裡是世界寶石重要出產地，更有享譽全球的錫蘭紅茶。斯里蘭卡，這個只有臺灣兩倍大的島國，在印度洋上緩緩生輝，召喚著旅人的目光……。

範文二：

到威尼斯尋夢去

如果說，每個人一生中都夢想著去一趟巴黎，那麼巴黎人一輩子都夢想著去哪裡呢？沒錯，那就是威尼斯。

這座建築於瀉湖區上的水上之城，被阡陌縱橫的大小渠道運河所切割，放眼望去波光瀲艷，水光搖曳在樸拙斑斕的古宅牆上，一縷縷輕舟悠緩駛過，滿載著義大利百年歷史的變遷與戀人的喃喃低語。

這裡沒有通衢大道，只有尋常巷弄、斑駁階梯、大大小小的古橋，以及在下個轉角裡柳暗花明的驚喜，在威尼斯漫遊，迷路可是領略她撲朔迷離的浪漫風情的重要經驗。

請注意：這是一段旅遊的廣告文案，而非是自白式的日記體，需提供大衆閱讀爲目的。此外，這段文案也有一個標題，如範文中的：**未經稀釋的純淨之島——斯里蘭卡**。此段廣告文案的字數在 250 ~ 300 字之間。

習作參考：

煙籠青山雨不改色——宜蘭

在地圖上尋幽，宜蘭像個不食人間煙火的少女，偶爾受了委屈，便攫走了所有人的心。宜蘭，一個多淚的地方，聽不見現代都市裡文明的矛盾；也看不見一層層交疊著厚度的塵埃，那份骯髒的濁氣，被風一掃，便四散竄逃，茫茫然消失在群山之中。在這兒，只有撕不去綠意的青山、搶不走澄澈的小溪，與散居在各處的，淳樸的民風及親切的熱情。細雨的足尖一落，便踢走沉積在人們心上的污濁與煩憂。這裡的雨，向人們娓娓訴說它的快意與自適，輕鬆與恬然，對於遠處飄來的喧囂，它毫不招呼，便

大剌剌地驅逐出境。來宜蘭吧！讓雨將都市的混濁洗淨，昇華到九天之外去。來宜蘭吧！將煩惱自心上脫去。（陳麒如）

時空壓縮的感動——東京

水都，喔！是威尼斯嗎？還是那……，亞洲一個曾經喚作「東方威尼斯」的水都——東京。

這個由隅田川、神田川和善福寺川等河流交織出的城市，是個新舊重疊、傳統與現代結合的大都會。流行服飾及傳統和服在高樓大廈間同時穿梭，神社的神秘幽靜正從神宮橋的另一端緩緩流瀉過來，舒緩了都市中緊繃不堪的氣息。

染成粉紅色的天空，是這裡的主戲。第八代德川吉宗將軍栽植的「染井吉野櫻」，現在成了東京都內最最亮眼的主角。三棵佇立在靖國神社內的櫻花，是花群中的首相，輕聲的一下令，全國各處的櫻花都毫不保留地綻放丰姿。那種凜然無畏的氣勢，是不是如同文學家所想像：櫻花是被鮮血所染，才能如此的大鳴大放？

在東京徘徊，行走各處都是時光的隧道，或許常有錯置的恍惚，但這才是遊歷時最深層的一抹感動。（黃心蕾）

第三節：數位時代微書寫

在當代快節奏的生活中，電影產業的發展呈現出多樣化的趨勢，既有時長達數小時的長片，也湧現了約二十分鐘的「微電影」。這種文化現象反映了在文學創作領域中，撰寫短篇作品、精練語句甚至所謂的「微書寫」已成爲新時代的書寫趨勢。文章或作品的長度不應成爲評判其價值的尺度，核心在於作者能否傳達一個完整且深刻的訊息。不論表達的是青春的活力、生命的深沉，或愛情的複雜，文學作品的質量在於意義的充實度與意象的豐滿度，而非字數的多寡。以下圍繞著青春、生命、愛情等主題的句子、段落及文章，它們以簡練的筆觸精確地傳達作者的觀點，展示了微型寫作在當代文學中的精髓與效力。

題目：關於青春的N種想像

參考句子：

❶ 含著淚，我一讀再讀，卻不得不承認，青春是一本太倉卒的書。（席慕蓉）

❷ 青春，是冰做的風鈴，晶亮剔透卻逐漸消融。（張曼娟）

參考段落：

❶ 紀伯倫一段散文詩

你無法同時擁有青春和擁有關於青春的知識。
因為青春忙於生計，沒有餘暇去求知；
而知識忙於自我尋找，無法享受生活。

❷ 米蘭·昆德拉說：「青春不是人生一個特定時期的名稱，而是超越任何具體年齡的一種價值。」

❸ 「藍色大門」電影原聲帶對白摘錄

在人生的河流裡，有一個渡口，即使你已經駛離它很久很遠。

你仍會隨時想，回到這個渡口靠岸。
留連探望它的風光和氣味。這個渡口，就叫做青春。
所以才有人說青春是不死的。
它只是一直藏在記憶的藍色大門內。
隨時等待我們翻箱倒櫃重遊一趟，也重新解讀它給我們的訊息。

題目：關於愛情的N種想像

參考句子：

❶ 小時候，愛情是遙遠的夢，幻想著美麗，嚮往的心情。

❷ 傳說中，愛情是來世還要當他的妻，死後化為彩蝶翩翩飛起。

❸ 初戀的時候，愛情像四目交纏的心悸，時時盼著他的電話聲響起。

❹ 分手以後，愛情是年少的一場遊戲，狂喜狂悲後，卻說不出道理，說不出道理（流行歌詞　鄭怡《愛情》）

題目：遺憾

我們和時間賽跑、和歲月拉鋸，試圖活出自我、活出燦爛、活得無悔無憾。可，人生豈能無憾？人性是攫取與前進的，溫飽了，希望富有；富有了，期待心靈充實。成名的和平凡的互相羨慕；取與捨之後，互相遺憾。選擇本身並沒有對錯，只是，人們通常對於另一條沒有選的路，將之化成，捨不下，也忘不掉的珠砂痣或是明月光。

有時候，生命中必要的不一定是「夢想」，而是「遺憾」。遺憾曾經是夢想的一員，只是殞落了，但它的餘燼仍帶點火光，時不時要復燃。也許曾經錯失良機，或者當時太過年輕……，總之，當時的種種因緣，造成了遺憾，不過，正因為如此，遺憾成了推進器，它成了生命前行的動力，推動你嘗試再去接近，或完成目標。縱使，窮盡一生，你可能還是沒來得及達成，這「遺憾」也不會消失，而是換個形式，甚至，成了其他人的夢想。

「遺憾」之必要。它帶來的悔恨及惋惜，使人輾轉反側，寤寐思服，於是，它竟有了比「夢想」還值得去實現的理由。

第八章 結語

一、寫作後的反饋機制

在書寫的旅程開始時，投入時間構築一篇能讓他人理解的文章，即是鍛鍊個人組織及思考能力的初步。衆所周知，雖然許多人能夠口語表達清晰，無拘無束，然而要將口頭語言轉化爲一篇清晰流利的書面文字，卻是一項艱難的挑戰。口語與書寫所需的思維體系有著本質上的差異，因此，書寫技能需透過持續學習與實踐策略方能精進。

究竟如何著手寫作練習呢？一個切實可行的建議是，可從如 FB、IG、Threads 等社交媒體平台著手，這些平台提供了記錄與分享的空間，適合用以培養書寫習慣和梳理思緒。然而，應當警覺，簡潔文字在邏輯連貫性上的缺陷往往不易察覺，僅有在一定文字量的基礎上，才能夠清晰展現思考的脈絡。另外，像科技大觀園、泛科學、方格子也是以一種部落格形式，提供書寫的平臺。

至於寫作內容的選擇，可以從描述一件事物著手，該事物當是個人的專長、偏好或已經完成的事項。例如，如果你精於烹調義大利麵，不妨從選購食材到最終成品上桌的整個烹飪過程入手，以清晰的步驟陳述；或者，在觀看了一部深具感染力的電影後，介紹影片的主要內容並分享幾點令人印象深刻及感動的瞬間。這樣的練習，不僅能鍛鍊敘事技巧，同時也可提升個人的邏輯思維。

書寫完成之後，可以進行「同儕評閱」，即讓非寫作專業的朋友獨立閱讀，而撰稿者應避免旁述補充。透過閱讀者的理解與反饋，以辨識文章中語意模糊不清之處，而進行修正。此外，可以重複邀請他人評閱，以增進文章品質。有時冗長陳述導致關鍵點不突出；有時則因過於節略，而顯得含糊或跳躍。更多時候，外部閱讀反饋可協助察覺語病或邏輯斷層。

寫作反饋機制有三種：「專家評閱」、「同儕評閱」及「自我評閱」。專家評閱來自於學校老師或寫作專家；同儕評閱可以是同齡朋友間的相互建言，通常這種方法簡便無壓力；而自我評閱則是撰寫者自身的省思與調整，適合對寫作已具備一定熟練度或興趣的人士。

同儕批閱（Peer review），在寫作教學實踐中占有舉足輕重的地位。建議實行小組合作方式，讓兩至三名寫作者互相進行作品討論及批改。這種協作模式常見的效用，往往超越教師個別批改所能達到的範疇。儘管教師的評語可增強學生的自信心，不過，實際上，它對學生寫作技能的具體促進作用可能有限。而同儕間的交流與互評，反倒引發多樣化思維的碰撞與反饋，進而刺激創新的思考模式。

經驗告訴我們，寫作技巧平平的學生有時在評論他人作品時顯得異常銳利且有見地。雖自身可能筆力不足，卻能在評價中發光發熱。給予此類學生適量的閱讀與評論機會，隨著接觸作品的次數增多，他們的寫作層次也可能隨之提升。

在施行同儕評審時，教學者可以採取一些具體策略。舉例而言，可先安排學生集中討論一個完整段落而非整篇文章，以避免過長的討論使注意力分散。若目標在於提升描述技巧，則可選擇現場可見的任意物件，指派學生以單獨段落形式描繪，再由其他學生基於該段落內容展開討論。

閱讀與理解原著內容的精確重現，亦卽摘要撰寫，是批判性閱讀的重要訓練之一。此過程非單純爲讀後感想所能涵蓋，其目的在於準確地提煉並表達出作者的主旨與論點。要求讀者在深入理解文本的前提之下，使用簡潔語言再現作者的思想。此練習順序不能顚倒，不宜於未充分消化理解卽鼓勵讀者隨意表達心得。具有讀者意識的作者，會在作品結構中嵌入元素，以引起共鳴與思辯；而具備了解作者意圖與結構的讀者，則能實踐深入且有效的閱讀過程，這是同儕評閱過程的互補優勢。

一旦掌握了具體內容的寫作，便可嘗試撰寫抽象議題的論述。抽象命題要求深入的思辨與緊湊的邏輯鏈接，如：關於博愛座的使用建議或對無性別廁所的立場。此類論述，可由關注該議題的起因著手，闡述個人觀點（論點），並詳細描述證據支持的論證過程（process of argumentation），同時不忘舉證（supporting evidence）以鞏固立場。考量對立意見，進行換位思考，也是擴展論述深度與充實性的關鍵策略。提升思辨的深度，並結合正反兩方立場，能使論證更爲全面，從而增強邏輯推理能力。撰寫過程中需以明確的「結論」作結。在撰寫一篇既具說服力又富可信度的知識型文章中，運用「議論」及「說明」的技巧乃是基礎工具。熟練掌握「論點」、「論據」與「論證」三要素，能初步構建完整的知性論述作品。作品完成後，透過「同儕反饋」進行多次的評閱與修正，有助於自我評估邏思維輯與寫作品質。

二、小結

語文，作爲一門技藝，其學習與鍛鍊與游泳、打球、鋼琴彈奏等技能並無二致，均應遵循明確的學習步驟與路徑。寫作技藝亦應包含在內，其探索與發展在傳統教育體系中尚未充分實現。

閱讀一篇文章時，我們心中想的不能只是「作者說了什麼」，同時還要問「作者如何說」(how)、「爲什麼這麼說」(what)，甚至有反駁與討論的思維，嘗試去挑戰作者「這樣說或寫有什麼問題」。當讀者能透過提問與回答問題，去思辨一部文本時，才算眞正有意識地去面對寫作這件事是怎麼發生與發展的了。

任何文本可就兩個層面來考量，其一是屬於作者創作所要釀造的藝術層次，其二是讀者閱讀所自行發展出的審美層次。作者所寫出的文字，其中的情境必須要讓讀者讀過之後，能夠在自己的大腦裡產生畫面感，或是連結聯想起一己之經驗，通常，要能喚起讀者感知的，其一是要有共同經驗，容易召喚共鳴；其二是語言文字的到位或精準，能吸引讀者思考。

讀者和作者有時可以共鳴，有時卻搔不到癢處，有一句古詩說：「換我心為你心，始知相憶深」，讀者和作者之間能否全然心意相通完全重疊呢？多數時候，只要趨近就可以了。因爲讀者有著自己的認知系統與價值體系，他會依此來解讀文本及閱讀世界。

寫作的技巧與理念往往透過實踐指導獲得傳承，但這種基於經驗的學習往往缺乏理論支撐，而被視爲僅有實踐意義的知識。故此，探討經驗在理論形成中的貢獻，或於理論發展過程中的意義，或可借用科學研究的階段性框架進行評估：發現問題、提出假設、實驗驗證、以及形成結論。理論知識實則根基於經驗，科學方法即是在持續的實踐與辯證中結合個人觀察進而建構出理論框架。寫作的核心在於對書寫過程的全面意識，即從認識書寫對思考的影響開始，到意識個人表達的挑戰，進而不斷實作和修正。當個體可以瞭解此系統化的訓練過程，便是邁向書寫的旅程。

引用小野老師的話：「生命最可貴的地方是我們在逐漸老去中不斷有最新的發現，這些發現都要經過懷疑和反抗的過程。」此語可作爲寫作過程中持續對話與修正的示例。鼓勵諸位開始書寫，爲生命刻下印記，爲日常留存姿態，以便於來日能細細品味與追憶過往的每一刻。欲使點滴滙聚成江海，必須從當下起步……。

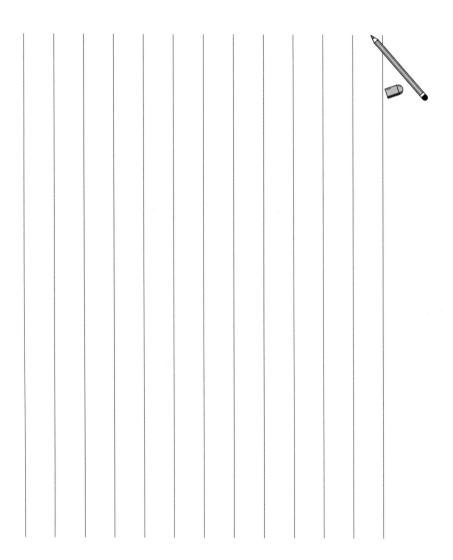

家圖書館出版品預行編目(CIP)資料

尋常寫作——思考、邏輯與書寫的博雅訓
練/楊曉菁著. -- 初版. -- 臺北市：五南
圖書出版股份有限公司, 2024.06
面； 公分
ISBN 978-626-393-507-5(平裝)
1.CST：寫作法
811.1　　113009294

4X40

尋常寫作——
思考、邏輯與書寫的博雅訓練

作　　者— 楊曉菁
企劃主編— 黃文瓊
責任編輯— 吳雨潔
封面設計— 姚孝慈
出 版 者— 五南圖書出版股份有限公司
發 行 人— 楊榮川
總 經 理— 楊士清
總 編 輯— 楊秀麗
地　　址：106台北市大安區和平東路二段339號4樓
電　　話：(02)2705-5066　　傳　　真：(02)2706-6100
網　　址：https://www.wunan.com.tw
電子郵件：wunan@wunan.com.tw
劃撥帳號：01068953
戶　　名：五南圖書出版股份有限公司

法律顧問　林勝安律師

出版日期　2024年6月初版一刷
定　　價　新臺幣380元